Dis Papy

Marcel Navarro

Dis Papy

Complicité

Préface
de Laurence Gaillard Navarro

Quel enfant ou adolescent n'a jamais rêvé d'avoir un grand-père comme Papy Michel !

Devant ses légumes, sur le banc de pierre ou dans la grange, le sage écoute, rassure, conseille mais ne juge pas. Bien sûr, le vieil homme appartient au passé mais il sait vivre avec son temps ; l'ordinateur a aussi sa place chez lui. Qu'importe ! Les valeurs qu'il transmet sont intemporelles.

La clochette tinte souvent à l'entrée du jardin ! C'est que Papy Michel n'est pas seulement l'interlocuteur privilégié de P'tit Paul et de son frère Julien ; d'autres enfants, des adultes aussi viennent lui confier petits tracas ou gros soucis. Devant une assiette de gâteaux secs, un café, Papy distille les mots qui apaisent ou motivent, puisant dans sa propre expérience et dans celle de ceux dont il n'hésite pas à citer les propos. La musique qui comme chacun sait adoucit les mœurs, illustre volontiers ses paroles.

Dans sa famille, Papy Michel est le dernier représentant de sa génération, le point d'ancrage des plus jeunes mais également un repère stable pour leurs parents qui, dans quelques décennies, prendront sa place.
Nos sociétés occidentales ne font plus suffisamment la part belle aux anciens. Tout va trop vite et l'on ne prend plus le temps de s'arrêter pour écouter « la voix des sages ».

Puissent P'tit Paul, Julien et tous les autres, nous rappeler que les liens intergénérationnels sont essentiels pour permettre à chacun de se construire le plus harmonieusement possible.

Le mensonge

Aujourd'hui, une question trotte dans la tête de P'tit Paul et qui d'autre que Papy Michel peut lui répondre ?

- Dis, Papy, ça existe vraiment des gens qui ne mentent jamais mais vraiment jamais, qui n'ont jamais menti de leur vie ?
- Ouh là là !.. une question bien embarrassante...
- Le maître, à l'école, nous a dit qu'il ne mentait jamais.
- Je ne le connais pas ton maître mais tu en dis tellement de bien... Il était probablement en colère. Vous aviez fait des bêtises ?
- Non, non !..
- Tu n'es pas en train de me mentir P'tit Paul ?
- C'est vrai qu'il n'était pas très content en entrant dans la classe.
- Quelquefois, nos paroles dépassent notre pensée, on s'emballe et...
- Mais,.. est-ce que c'est vrai que certains ne mentent jamais ?
- Et bien... non ! L'homme a le langage, il sait parler, il peut l'utiliser aussi pour mentir.
- Ce n'est pas possible Papy ! Comment tu peux dire ça ?
- C'est très moche de mentir et la plupart du temps, tu perds la confiance de la personne à qui tu as menti.
- Je ne comprends plus Papy !
- Dans certaines circonstances, il est préférable de ne pas dire une vérité trop douloureuse.
- Alors, ce n'est pas toujours mal de mentir !
- Mais on se doit de respecter les autres en ne leur

mentant pas.
- J'ai compris, sauf quand on est obligé !
- Et toi, mon p'tit bonhomme, m'as-tu déjà caché la vérité ou une partie de la vérité ?
- Euh...

Je sais tout !

P'tit Paul pousse le portail avec beaucoup d'énergie. La clochette chargée d'annoncer toute visite, en a la danse de Saint Guy...

- Dis Papy ! Ça existe des gens qui savent tout, sur tout ?
- Je ne pense pas, je peux même te dire que non !
- Pourtant quand je te pose des questions,, tu réponds toujours comme si tu savais tout !
- Les gens qui ont la prétention de dire qu'ils savent tout, sont déjà des menteurs et on les appelle monsieur ou madame "Je-sais-tout". Je te réponds avec mon expérience de grand-père mais je suis très loin de tout savoir.
- Mon maître à l'école, il ne sait pas tout ?
- Non ! Et j'en suis certain...
- Comment il peut nous apprendre tout ça, alors ?
- Parce qu'il l'a appris lui-même mais il n'a pas pu tout apprendre. Avant d'arriver en classe, il a beaucoup travaillé, préparé tout ce qu'il allait vous dire, vous apprendre. Il respecte un programme.
- Alors Taty, elle sait plus de choses que mon maître. Dimanche dernier, pour mon anniversaire, elle parlait plus fort et plus longtemps que les autres. Tout le monde l'écoutait sans rien dire comme à l'école.
- Oui et alors ?
- Oui mais vous êtes des adultes. Vous savez tous beaucoup de choses.
- Tu sais mon bonhomme, je connais Taty et je l'aime bien. C'est ma sœur. Elle a besoin d'attirer à tout prix

l'admiration des autres.
- Pourquoi elle fait ça ?
- Les gens qui réagissent comme elle, ont souvent un manque de confiance en eux et ils ont besoin de se mettre en avant...
- Je comprends Papy !

Petit renardeau

P'tit Paul pousse le portail du jardin de Papy. Il sautille en brandissant fièrement une image, il est tout joyeux. Papy qui avait entrepris de cueillir les fraises, se relève péniblement !

- Tu m'as l'air bien ragaillardi ce matin ! C'est quoi, cette image ?
- Je l'ai eue hier à l'école . C'est une récompense !
- Oh, que c'est mignon, un tout petit renardeau. Mais, c'est quoi toutes ces opérations au verso ?
- Je me suis trompé... Tu crois que c'est grave Papy ?
- Mais non, ce n'est pas grave ! Ce renardeau fera peut-être de longues études scientifiques comme toi. C'est bien ce que tu veux faire ?
- Oh oui !

P'tit Paul fixe longuement son image puis subitement :

- Dis, Papy ! Comment on fait les bébés ?
- Eh bien une renarde a rencontré un beau renard à son goût. Il y a eu un accouplement...
- Un accouplement, c'est quoi Papy ?
- Eh bien, pour faire des bébés, le renard met son zizi dans la zézette de la renarde...
- Et après ?
- La maman renard a attendu son petit renardeau pendant plusieurs mois.
- Et il était où son petit bébé pendant tout ce temps ?

- La renarde l'avait dans son ventre et un jour, quand il était assez grand et prêt pour sortir à l'air libre, et bien, il est né. Elle lui a donné la vie comme on dit !
- Et pour moi, c'était comment ?
- C'est presque pareil ! La différence c'est que les humains éprouvent des sentiments et tombent amoureux. Ils choisissent le moment pour faire un bébé.
- Alors moi aussi, je peux faire un bébé avec Louise ?
- Ah ! C'est ta petite amoureuse Louise ? Elle est dans ta classe ?
- Oui et c'est la plus belle !
- Et bien mon p'tit bonhomme, il va falloir attendre un petit peu, que vous soyez adultes tous les deux !
- Alors en attendant, je vais t'aider à cueillir les fraises Papy !

Tu ne peux pas comprendre !

Ce matin, personne, même pas Papy, n'a entendu le son de la clochette du portail, si bien que Papy est surpris de retrouver son p'tit Paul, silencieux, à côté de lui.

- Oh, ça n'a pas l'air d'aller mon p'tit bonhomme ! Tu as pleuré, toi !
- Dis, Papy, pourquoi les grands n'écoutent pas les plus petits ? Julien dit que je suis un gamin et qu'il faut que je reste à ma place. Que je ne peux pas comprendre !
- Ton frère est gentil, tu le sais bien ! Il a ses soucis d'ado... c'est tout ! Lui, pourtant si respectueux, nous a dit l'autre jour qu'on ne comprenait rien !
- J'ai voulu l'aider mais il m'a rejeté ! C'est même pas du travail qu'il avait à faire mais un jeu, une énigme entre copains. J'ai lu le texte et j'ai tout compris, tous les mots. Il n'y arrivait pas, j'ai voulu l'aider !
- Dans les énigmes, l'énoncé explique une situation et tu dois trouver la solution du problème soulevé. Même si les mots utilisés sont simples, ils décrivent une situation plus délicate qu'on ne pense et la solution est ainsi difficile à trouver.
- Oui, mais là, c'est tout simple !
- Elle parle de quoi cette énigme ?
- De moyenne. Même si je n'ai pas fait encore beaucoup d'études, j'ai compris. Tout le monde parle de moyenne. Le maître a même dit à Papa que ma moyenne du dernier trimestre sera meilleure que la moyenne du deuxième !

- Tu as raison, même en maternelle, on parle de moyens, non ?
- Oui, c'est entre les petits et les grands. Je sais ça Papy. Je suis plus en maternelle. Je sais même que si j'ai un huit et un six, j'aurai sept de moyenne. C'est entre les deux, juste au milieu !
- Je ne comprends pas où est le problème avec Julien?
- Ben si, il est fâché parce que j'ai trouvé le même résultat que lui mais c'est pas ça, c'est pas la bonne réponse !
- Tu te souviens de l'énoncé du problème ?
- C'est tout simple ! « Tu montes une côte à vingt kilomètres à l'heure et tu la redescends à trente. Quelle moyenne as-tu fait sur l'ensemble du parcours ? »
- Vingt-cinq ! Facile. Julien n'a pas résolu ce petit problème ?
- Et bien non, tu te trompes aussi ! La même réponse que nous... Moi, j'ai fait comme je sais : entre 20 et 30, juste au milieu et Julien, je crois qu'il a fait des opérations ... et ses copains ont dit que ce n'était pas ça !
- Ce qui voudrait dire mon p'tit Paul, c'est qu'on a commis l'erreur que fait la plupart des gens, en allant trop vite, en se précipitant, en pensant que c'est simple...
- En maths, c'est bon ou c'est pas bon !
- Et bien là, apparemment, ce n'est pas exact. Il faut donc se méfier des apparences et bien réfléchir avant ! Se précipiter, c'est de l'impulsivité !
- Je ne connaissais pas ce mot Papy!
- Quelquefois, on n'a pas encore appris la technique à employer... On fait avec ce que l'on a... Et boum, à côté !

- Elle est où notre erreur ? C'est compliqué et pourtant c'était simple, tu montes et tu redescends en vélo ! Même toi qui as fait des études Papy, tu t'es trompé.
- Je ne pensais pas faire des maths ce matin,.. moi !

Papy est embarrassé. Il réfléchit et c'est la première fois que p'tit Paul le voit ainsi. Serait-il vexé le Sage de la famille ?

- Vingt quatre ! C'est une sacrée énigme cette histoire de vélos !
- J'étais sûr que tu allais trouver la solution Papy mais qu'est-ce qu'il va dire Julien ?

****

"24 est vraiment la bonne réponse. Surprenant, non ?"

De toutes les couleurs

Il a l'air en forme P'tit Paul aujourd'hui quand il franchit le portail de Papy. À peine le temps de faire un bisou à son Papy :

– Dis, Papy pourquoi il y a des personnes noires ?

Papy Michel est très surpris :

– On en a déjà parlé, il me semble. Qu'est-ce que tu en penses, toi ?
– Je pense que ses parents ont la peau foncée et qu'elle ressemble à ses parents.
– Elle est surprenante ta réponse et j'aime bien. Viens, je vais te montrer quelque chose. On ne reste pas dans le jardin. On y reviendra tout à l'heure.

Papy ouvre la porte de sa maison et ils vont dans le salon. Le grand père choisit un disque et va s'installer dans son fauteuil. C'est là qu'il s'assoit pour lire son journal ou regarder la télé. Il a l'habitude de dire que quand il est dans ce fauteuil, il est bien !

– Mets-toi où tu veux Paul pour te sentir à ton aise !

Aux premières notes de musique, Paul sait qu'il s'agit de la chanson préférée de son papy : "Armstrong de Claude Nougaro".

Il l'a chantée pour son dernier anniversaire. Ils sont bien là tous les deux, se souriant par moments, à certains passages évocateurs de cette situation qu'ils partagent en toute complicité. À la fin de la chanson, ils ont la larme à l'œil tous les deux.

- Tu te souviens de la fin de la chanson P'tit Paul ?
- Bien sûr Papy, c'est celle que tu chantes souvent dans ton jardin:
   "Noir et Blanc sont ressemblants
   Comme deux gouttes d'eau !"
- Qu'on est tous différents mais on est pareil... C'est beau Papy !
- Beau comme toi et belle comme Louise !
- Comment tu as deviné Papy ?
- Louise est dans ta classe et c'est la plus belle!.. Non ?
- Viens, on retourne dans le jardin...

Papy a pris son petit fils par la main et regardant son jardin regorgeant de belles fleurs, de bons légumes à déguster, de couleurs à savourer :

- Regarde tous ces trésors si colorés, c'est ça la vie !

Dans nos cœurs !

P'tit Paul est en train d'arracher des carottes avec Papy Michel. Ils se relèvent pratiquement tous les deux en même temps, se tenant le bas du dos.

- C'est dur Papy, comment tu fais ?
- J'ai un peu plus l'habitude que toi mais je m'arrête souvent, je fais une pause quand je veux. Il n'y a pas de patron ici !

  Je commence à me faire vieux, je me ménage comme on dit, si je veux tenir le coup !
- Dis, Papy, elle est où Mamie ?

Un court silence. Papy a les larmes aux yeux. Il l'attendait cette question et il n'avait aucune réponse préparée. P'tit Paul s'en rend compte et ne dit plus rien. Il se penche pour finir le rang de carottes. Papy le regarde,... prend sa respiration :

- Elle est morte et elle ne reviendra pas !
- P'tit Paul se redresse, il pleure...
- Je sais Papy mais certaines personnes pensent qu'elle est au paradis car c'était une super Mamie.
- C'est vrai, c'était une superbe personne. Moi, je pense qu'elle est dans notre cœur... pour toujours.

- Je pense souvent à elle et ça me fait drôle qu'elle ne soit plus là !
- Tu as raison ! Elle avait l'habitude de nous apporter une boisson quand on était tous les deux dans le jardin. Tu te souviens ? On faisait une pause. Viens, on va s'asseoir sur le banc de pierre.

Assis tous les deux côte à côte, ils ne disent plus rien. Papy se lève et part en trottinant vers la maison. Il en ressort avec une bouteille d'eau, deux verres et la boîte à gâteaux de Mamie.

- Tu as gardé la boîte ? Mais il n'y a plus de gâteaux dedans !
- Si mais ce ne sont plus ceux de Mamie. Elle était aussi une très bonne pâtissière !..

Papy ouvre délicatement la boîte, elle est remplie de gâteaux qui ressemblent étrangement à ceux de Mamie.

Chacun en prend un et le déguste lentement en fermant les yeux, la tête légèrement penchée en arrière. Un doux moment qui ressemble à un recueillement. C'est P'tit Paul qui rompt le silence :

- Hum,.. mais ils sont moins bons que ceux de Mamie !
- C'est ta maman qui les a fait.
- Oups...

Le nouveau

Le portail du jardin franchi, P'tit Paul se rue sur son Papy :

— Dis, Papy, pourquoi on met les enfants dans des familles d'accueil ?

— On ne les met pas dedans mais on confie un enfant à une famille d'accueil. Elle n'est pas là pour remplacer les parents mais pour accueillir, à tout moment, un enfant dont les parents, pour une raison ou une autre, ne peuvent plus assumer leur rôle. Pourquoi cette question ?

— Un nouveau, Grégory, est arrivé jeudi dans la classe. On sait qu'il est dans une famille d'accueil du quartier, tu sais la grande maison au bout de ta rue.

— Oui, ce sont des gens charmants. Il va être très bien chez eux ! Il a commencé à s'habituer à la classe ?

— C'est difficile Papy ! Dès le premier jour, il s'est fâché très fort. On était en lecture, c'est moi qui lisais, quand j'ai prononcé le mot supermarché, il s'est levé et il a crié "Si quelqu'un dit que ma mère est une voleuse, je lui casse la g.... !".

— Aïe ! Le pauvre ! Qu'est-ce que lui a dit ton instituteur ?

— Il lui a demandé de nous regarder tous, les yeux dans les yeux et de montrer celui qui était capable de lui dire ça, de penser ça.

— J'avais peur car c'était moi qui lisais.

— Il s'est assis et s'est mis à pleurer en cachant sa tête entre ses bras. Le maître s'est approché, a voulu lui poser la main sur l'épaule mais il a repoussé violemment la main du maître.

— Grégory aime sa maman, ses parents certainement et il est très malheureux. Il a besoin de voir qu'on comprend son chagrin et que quelqu'un essaie de l'aider et de le consoler un peu. Même s'il a refusé le geste de ton instituteur, il a probablement senti que c'était pour le rassurer. On appelle ça de la compassion de la part de Monsieur Chotard.

— Il ne veut pas qu'on l'approche. À la récréation hier, je suis allé m'asseoir à côté de lui sur le banc. Il m'a regardé avec un regard noir et il s'est écarté en se mettant tout au bout du banc.

— Heureusement qu'il n'est pas tombé !

— Oui, heureusement !

Seul moment depuis son arrivée dans le jardin où P'tit Paul esquisse un sourire. Sacré Papy !

— Je sens que ça t'embête tout ça...

— Ben oui ! Après, j'ai voulu lui donner un petit gâteau sec que m'avait fait maman. Il s'est levé d'un coup et il m'a dit que sa mère pouvait lui en acheter des centaines s'il le voulait !

- P'tit Paul, ne va pas trop vite ! Le fait d'être au sein d'une famille qui l'entoure peut lui procurer un peu d'apaisement et le rassurer. L'école aussi certainement.
- Trop vite ? On est déjà à la fin mai. Si j'attends trop, on sera en vacances et j'aurai rien fait !
- Sinon l'énerver ! Crois-moi, il a enregistré toutes tes belles attentions...

Renouveau

P'tit Paul sifflote en entrant et va s'asseoir sur le banc de pierre à côté de Papy qui est déjà en pause-café.

— Tu n'es pas en avance P'tit Paul aujourd'hui !

— Pourtant, j'ai tellement de choses à te raconter...

— Tes amours avec Louise ?

— Non non, mais la maman est venue faire un scandale dans la famille d'accueil de Grégory. Ils ont été obligés d'appeler la police parce qu'elle était violente.

— Le problème des "familles d'accueil", c'est qu'elles sont ressenties par les parents comme une punition et comme faisant partie de la justice qui leur enlève leurs enfants... Mais comment tu sais ça, toi ?

— C'est ... Grégory qui me l'a dit. Personne d'autre le sait... à part la police bien sûr !

— Pardon ? Je croyais qu'il ne te parlait pas !

— Lundi matin, il m'a fait un clin d'œil quand on s'est assis dans la classe. À la récréation, je lui ai offert des petits gâteaux secs que maman m'avait faits et il les a acceptés.

— C'est super ! C'est toi, P'tit Paul, qui avait raison...

— Mardi soir, il a eu sa maman au téléphone et il lui a dit que sa famille d'accueil était super gentille !

— C'est mercredi soir qu'elle est venue faire le scandale !

— À votre âge, c'est le moment où vous avez besoin de beaucoup d'affection et de chaleur humaine. Cette maman maladroite doit aimer son fils et elle a peur de le perdre !

— Oui mais qu'est-ce qu'il va devenir Grégory ? Il a peur qu'on le change de famille d'accueil maintenant !

— Pas obligatoirement..

— Dis, Papy, tu ne voudrais pas parler à sa maman. Si elle allait faire des excuses...

— Impossible P'tit Paul ! Des éducateurs et un juge s'occupent de cette affaire. On ne peut pas faire du copinage entre personnes responsables, c'est du sérieux !

P'tit Paul prend sa tête entre ses deux mains. Il réfléchit. Il semble avoir beaucoup de peine. Papy retourne travailler. Bêcher un petit carré, ça défoule. Il ne peut pas voir son petit fils dans cet état mais il n'y peut rien. Il n'arrête pas de se répéter dans sa tête: "Non, pas possible !". P'tit Paul revient à la charge :

— Tu es sûr Papy ?

— Sûr, mon p'tit bonhomme. Il y a des choses qu'on ne peut pas faire dans la vie, même si on en a énormément envie !

— Tu vois que mon idée n'est pas si sotte que ça...

— Je te promets d'aller rendre visite à la famille d'accueil. C'est tout ce que je peux faire ! Ils doivent aimer les salades ces gens-là !

Il donne un coup d'œil complice à son cerisier. Y a bien trop de cerises cette année, il en donne à tout le monde...

Jalousie

La clochette du portail réveille Papy Michel qui s'était assoupi, assis sur le banc de pierre. Il sursaute,.. il est surpris,.. il ne sait plus quelle heure il est,.. quel jour on est... Bref, il est désorienté !

- Bonjour Papy, tu dormais ?
- Ben oui... Ah !.. c'est toi Julien. Justement, tu tombes bien, j'avais besoin d'un coup de main. Tu as vu la quantité de cerises, cette année ?
- OK !..
- Ça n'a pas l'air d'aller mon p'tit... Julien !
- Tu vois, tu as failli dire mon p'tit Paul.
- C'est vrai, je dois le reconnaître. Que veux-tu que je te dise ?
- Je comprends Papy... mais c'est plus comme avant ! Quand je viens, c'est pour t'aider. On parle plus !
- Avant quoi Julien ou avant qui plutôt ? Tu me ferais pas une crise de jalousie ? Tu sais bien, tu viens quand tu veux.
- Non !.. Je ne peux plus venir le samedi car c'est le jour de P'tit Paul !
- Écoute Julien, on va mettre en place un distributeur de tickets comme au supermarché ! Le premier arrivé a

droit à la première heure et ensuite c'est l'autre !

Julien, agacé, s'empare du panier qui semblait l'attendre au pied du cerisier et commence la cueillette. Papy n'est pas très fier de lui. C'est vrai ce que vient de lui dire Julien. Il devait avoir ce poids sur le cœur depuis longtemps.

Papy se revoit avec le petit Julien quelques années plus tôt. Il a raison, il reproduit la même chose avec P'tit Paul.

Mais qu'a-t-il fait sinon d'être à la disposition de ses petits fils, de les écouter, de les conseiller. Sept ans d'écart, ce n'est pas facile ! Ils n'ont pas les mêmes préoccupations. Et en plus, ils sont tellement différents tous les deux. Un hypersensible et l'autre plus coincé mais tellement franc. Un peu trop direct quelquefois !..

— Le panier est rempli ! J'arrête ou je continue ? T'as un autre panier Papy ? Pendant que j'y suis...

— Non, non, c'est bon mon grand. T'es un champion !

Papy récupère le panier de cerises pour les déposer sur le chemin qui mène au portail. Julien range l'échelle dans la grange. Il a compris le message.

— Dis Papy !..

Tous les deux, surpris, se regardent. Il y a bien longtemps !

- Oui, mon grand ?
- Tu sais que c'est bientôt mon anniversaire...
- Bien sûr et tu auras comme d'habitude soit un cadeau soit de l'argent comme l'année dernière. Le cadeau, c'est plus symbolique mais je comprends.
- Je sais Papy ! J'ai demandé de l'argent à tout le monde pour me faire une cagnotte pour faire une fête...
- Pour la grange, c'est OK !
- Comment tu as deviné ?
- C'est ton père qui m'en a parlé. Tu veux organiser ta première boum. C'est super ! Ah, t'en as de la chance !
- Papa, c'est pas possible ! Il ne dit pas grand chose. Il est rarement là ! Toujours au boulot. Tu l'as vu pour lui en parler ?
- Eh oui, vous avez des parents épatants tous les deux ! On a préféré te laisser l'initiative de la demande, histoire de ménager le suspense. Par contre, il faut que je demande l'autorisation...
- Ah oui pour le bruit ? La musique ? Les voisins ?
- Non ! Je dois demander le feu vert à ... P'tit Paul.

Julien s'arrête, s'immobilise... Le ciel vient de lui tomber sur la tête ! Il regarde son grand père... et éclate de rire.

- Papy, t'es génial. Trop fort !

Le complot

La clochette, quelques pas sur les gravillons puis plus rien. Papy se précipite et voit P'tit Paul accroupi à fureter dans quelques herbes folles. Il est bien comme son Papy celui-là. Contemplatif et amoureux de cette nature.

- Bonjour Papy !
- Bonjour mon p'tit bonhomme. Qu'est-ce que tu tripatouilles ?
- Quoi ? Je ne connais pas ce mot !
- On ne peut connaître tous les mots. Ça permet de continuer à en découvrir toujours de nouveaux. On s'enrichit chaque jour, du moins, il faut faire l'effort.
- Dis Papy, pourquoi les gens sont méchants ?
- Vaste programme ! Je pense que tout être vivant peut devenir méchant si on le conditionne, si on fait tout pour qu'il le devienne.
- Même moi, je peux devenir méchant ?
- J'espère que non mais si la vie est très dure avec toi, tu peux être aigri et en vouloir à tout le monde. Lutter contre une injustice réelle ou imaginaire. Pourquoi cette question P'tit Paul ?
- Je t'ai déjà parlé de Grégory.
- Oui, ça m'a valu trois salades et un panier de cerises.
- Arrête Papy ! Tu plaisantes toujours...

- Non, je dédramatise, nuance !
- Les autres de la classe disent qu'il ne faut plus lui parler car son père est en prison et sa mère est une voleuse.
- Qu'est-ce que tu en penses, toi ?
- Moi, je l'aime bien. Avec Louise, on est les seuls de la classe à lui parler. C'est pas sa faute à lui. Il est malheureux. Il pleure souvent. L'autre jour, j'ai pleuré avec lui !

Papy s'approche de son p'tit bonhomme et le prend dans ses bras. Il a remarqué cette petite larme qui perlait dans le coin de son œil.

- Toi, tu ne feras pas fortune mais tu aideras les autres. C'est certain.
- C'est sérieux Papy ! Le maître en a parlé. Tout le monde a bien écouté. J'étais content que ça s'arrange mais ça continue...
- Ça, c'est un sacré problème ! La peur de l'autre quand il est différent. On le regarde de travers, on le rejette, on l'écarte, on veut qu'il parte. Ça me révolte !..
- Il y a même le père de Sébastien qui est venu voir le maître pour lui dire ce qu'il en pensait. Je n'ai pas tout entendu. Monsieur Chotard est resté calme et le papa de Sébastien est parti sans faire d'histoire.
- Oui, je connais ce bonhomme... Tout ça ressemble à une cabale.

- Encore un mot que je ne connais pas.
- Un complot, une réunion de plusieurs personnes autour d'un projet, d'une idée. Ils pensent avoir raison et la grogne monte. Le père de Sébastien, c'est un spécialiste !
- Ils veulent que Grégory parte. C'est facile à comprendre !
- C'est exactement ça !.. Mais la solution de ce problème n'est pas simple ! Garde ce contact, cette amitié avec Grégory avec l'aide de Louise. Montrez-leur que c'est possible en évitant les conflits. Le reste est une affaire d'adultes !
- Tu ne peux pas t'en occuper Papy ?
- Si, je vais mettre mon costume de Zorro !

Papy s'adresse à P'tit Paul en faisant des gestes. Apparemment, il lui signale qu'il est l'heure de partir.

- Ben Papy, qu'est-ce qui t'arrive ?
- Bernardo est sourd. Tu le sais bien !.. Non ?
- Sacré Papy ! J'en connais deux qui vont bien rigoler...

Tu crois ?

Papy, parti se faire un café, sort de sa cuisine qui donne directement sur le jardin. Concentré sur sa tasse remplie d'un café bien chaud, il ne voit pas P'tit Paul arrivé entre-temps. Heureusement qu'il a déposé la tasse sur un plateau car le café a débordé.

- Nom de Dieu, qu'est-ce-que j' suis maladroit. Y en a autant dans l' plateau que dans la tasse maint'nant. Incapable de faire vingt mètres sans tout renverser. Tu vieillis mon gars Michel !
- Tu parles tout seul Papy ?
- Ah, tu es là mon p'tit bonhomme ? Je ne t'ai pas entendu arriver. Eh oui, je vieillis. Regarde ce travail !

Paul se précipite vers la cuisine pour en revenir avec une éponge. Il nettoie tout correctement. Agacé, le grand-père en oublie de remercier Paul pour son aide. Il est ailleurs...

- Dis Papy ! Tu es sûr que ça va ?
- Oui, mon p'tit bonhomme. Un peu de café renversé, c'est pas la fin du monde ! Ah, merci pour ton coup de main !

P'tit Paul débarrasse le plateau et emporte le tout dans la cuisine. Intrigué, il remarque du courrier sur la table et une enveloppe à moitié ouverte. Il lit l'entête de l'enveloppe. Cette lettre vient de l'hôpital, c'est sûr ! Il entend son grand-père l'appeler et sort en courant.

— Tu en as mis un temps ! Tu as fait le ménage ?

— Non Papy mais tu as oublié d'ouvrir ton courrier ce matin ?

— Oh j'ai toute la journée pour cela. Encore des factures, ça peut attendre !

— Non Papy, il y a une lettre qui vient de l'hôpital. Tu n'es pas malade, mon Papy ? Tu vas pas rejoindre Mamie tout de suite ?

— Non, ne t'inquiète pas. C'est le résultat d'un examen que je connais déjà. Mon médecin que j'ai vu hier m'en a parlé. Lui aussi l'a reçue. Non, je vais rester encore avec vous. J'ai tellement besoin de vous.

— À qui je vais donner tous ces légumes? Julien et toi, vous êtes trop jeunes pour prendre le relais du jardin !

— Tu rigoles tout le temps Papy ! Je sais qu'un jour, tu la rejoindras au ciel. Non ?

— Je t'ai déjà dit que Mamie est dans mon cœur !

— Tu n'es pas croyant comme maman ? Elle, elle dit que Mamie est au ciel.

— On est tous différents. On peut penser différemment.

Mamie était croyante même si elle n'allait pas à la messe tous les dimanches et moi, je ne suis pas croyant. On a vécu ensemble en respectant la foi de l'autre.

— C'est bizarre ! Je t'ai vu en photo, tu sortais de l'église en, comment on dit...

— En communiant, oui, pour ma communion solennelle. J'ai eu une éducation religieuse, j'ai même été enfant de chœur.

— Ah bon et pourquoi tu as arrêté ?

— La vie, ses interrogations, les réponses qui ne sont pas arrivées au bon moment et brusquement, j'ai douté et voilà ! J'ai peut-être tort. Je ne sais pas !

Chacun est libre de penser autrement, d'avoir sa religion qu'on se doit de respecter. C'est ce qu'on a fait avec Mamie !

— C'est la première fois que tu ne sais pas répondre Papy !

— Eh oui ! Mais par contre, il est très important que tu poses ce genre de questions, Paul ! Cela signifie que tu as un esprit curieux qui s'intéresse à tout et surtout à l'essentiel. Et toi, qu'en penses-tu ?

— Je ne sais pas non plus. J'en ai parlé avec Maman,.. elle est croyante mais elle dit comme toi !

— Tu vois donc qu'il n'y a pas forcément une explication toute faite. Tu devras trouver tes propres réponses en grandissant.

— Je t'aime mon papy. Faut que tu restes toujours avec

nous.

— Moi aussi mon p'tit bonhomme. Là, par contre, il faut que tu rentres.

— À ce soir Papy !

— Non, mon P'tit Paul. Je vais me coucher plus tôt ce soir. Je suis un peu fatigué...

Douloureuse absence

Julien et P'tit Paul débarquent ensemble chez Papy. La clochette joue inutilement son rôle puisque Papy, hospitalisé depuis hier, n'est pas là ! P'tit Paul éclate en sanglots en franchissant le portail...

— Ne t'inquiète pas p'tit frère. Papa a dit que ce n'était pas grave. Il est à l'hôpital pour subir des examens.

— S'il n'est pas vraiment malade, pourquoi il est à l'hôpital alors ?

— Pour des analyses et des examens, je viens de te le dire.

Julien est très affectueux avec son frère. Il y a bien longtemps que ce n'était pas arrivé. P'tit Paul le remercie avec un sourire forcé.

Arrivés devant le banc de pierre, c'est Julien qui craque...

Paul lui prend la main.

— Regarde, y a un mot sur la porte !

Ils courent pour faire les quelques mètres qui les séparent de ce petit mot laissé par Papy.

« Les enfants, ne vous fatiguez pas, faites le minimum.

Je serai là dans quelques jours.

Ne vous inquiétez pas, la machine tient encore le coup.

Une p'tite révision et ça repart !

Papy qui vous aime. »

Il n'en fallait pas plus pour les faire craquer tous les deux. Plusieurs minutes, silencieux, assis sur les marches de ce perron.

— Allez p'tit frère, on y va !
— J'ai envie de m'asseoir sur le banc, Juju. Tu crois qu'on peut s'asseoir sur le banc de Papy tous les deux ?
— Bien sûr ! Il en a entendu des discussions ce banc, hein P'tit Paul ?
— Ça fait tout drôle, c'est vide !
— Moi, je vois Papy descendre les deux marches devant la cuisine avec sa tasse de café et la boîte de gâteaux de Mamie.
— Tu sais qui fait les gâteaux maintenant ? Moi, Papy me l'a dit...
— Ben Maman pardi! Bon, on se réveille là ? Papy est à l'hôpital pour des examens et nous, on est là pour ramasser... Zut ! Elle est où la liste de Papy ?
— Non, tu l'as perdue ! Comment on va faire ?
— Écoute, je me souviens pratiquement de tout car c'est

moi qui l'ai écrite.

– Dis Juju ! Pourquoi je n'ai pas le droit de rentrer dans l'hôpital, moi ?

– Ils t'ont dit que les moins de douze ans ne pouvaient pas entrer. J'y peux rien ! J'en ai quatorze... bientôt.

– Ben, comment tu vas faire pour la fête de ton anniversaire avec tes copains si Papy n'est pas là ?

– Allez, on s'y met car Papa arrive dans une heure pour nous récupérer avec tout ce qu'on aura cueilli !

Les deux p'tits bonshommes se mettent au travail. Julien a déposé la radio de Papy sur le perron. La musique leur donne du cœur à l'ouvrage.

C'est le vieux poste de Papy qui doit être surpris de crier si fort. Il arrose toute la contrée. Faut espérer qu'il tienne le coup...

Allô !

- Bonjour Papy ! Bien dormi ?
- Bonjour ma belle. Oui ! Mais ça n'arrête pas dans cet hôpital !
- Nous avons ici de vrais malades. Il faut s'en occuper même la nuit. On est là pour ça !
- Ben merci ! Voilà que je passe pour un malade imaginaire maintenant.
- Sacré Papy ! Le médecin passera tout à l'heure.
- Bonne ou mauvaise nouvelle ?
- Vous verrez, ça dépendra de son humeur !
- Je vais lui raconter une blague avant qu'il me donne le verdict !

L'infirmière amusée, laisse Papy face à ces interrogations. Il ne peut même pas en parler à son voisin de chambre qui a déserté son lit depuis hier. Il ne parlait pas beaucoup ce monsieur, les yeux rivés sur la télé toute la journée...

La porte s'ouvre et le docteur fier comme s'il venait de découvrir le dernier médicament miracle, fait son entrée, suivi d'une ribambelle d'étudiants en médecine. Un coup d'œil sur le dossier :

- Une bonne nouvelle, vous sortez demain ! Un médicament pour réguler votre tension, moins de stress, une activité raisonnable sans trop d'efforts inutiles et tout ira bien. La secrétaire vous donnera votre ordonnance et une convocation pour une visite de contrôle. À bientôt donc !

Le médecin avec sa traîne admirative à peine sorti que Papy se précipite sur le téléphone et compose un numéro fébrilement.

- Bonjour... c'est ... Julien !
- Bonjour mon Papy, tu as reconnu ma voix ?
- Eh bien oui... Tu annonceras à la maisonnée que je sors demain et tu demanderas à ton père de me rappeler pour que je lui précise l'heure de sortie.
- Chouette Papy ! Il y a P'tit Paul qui sautille comme une puce. J'ai mis l'ampli et il a tout entendu. Il veut te parler !
- Merci mon grand j'ai appris tout ce tu avais fait dans le jardin. Je suis fier de toi ! Allez, passe-moi P'tit Paul.
- Bonjour mon p'tit papy, qu'est-ce que je suis content !!! On va pouvoir recommencer comme avant...
- Presque, parce que j'ai beaucoup réfléchi et les médecins me le conseillent fortement. Je vais réduire mon jardin potager et aménager un petit coin avec une table et des chaises. Tout le confort quoi !
- Dis Papy, tu ne vas pas enlever le banc de pierre ?
- Oh non, mon p'tit bonhomme. Il est sacré, c'est un symbole !

— C'est quoi un symbole Papy ?

— Un symbole, c'est un objet, une image, un mot écrit qui représente quelque chose de très important. Chez nous, dans le jardin, il est le lieu où on a souvent discuté avec ton père quand il était petit, avec Julien et avec toi. C'était aussi notre banc avec Mamie.

— Il est vieux alors ce banc ?

— Ben merci ! Oui plus vieux que nous encore car ce jardin appartenait à mes parents. Il a été construit par mon papa. Tu n'as jamais vu ce banc une des photos que l'on regarde ensemble quelquefois ?

— Non !

— Eh bien, tu demanderas à ton père la photo du mariage de Mamie et de Papy. Ça, c'était de la fête ! En parlant de fête, tu vas me repasser Juju. Gros bisou mon p'tit bonhomme !

— Bisou Papy !

— Oui, Papy. Justement, je voulais te parler de la fête. Si tu rentres demain jeudi, on aura le temps pour organiser cette boum de samedi après-midi. Ça va être génial, ça va déchirer ! Je n'arrête pas d'y penser...

— Justement va falloir définir quelques règles car vous êtes tous très jeunes, vous êtes mineurs !

— Pas de problème Papy, tu me connais.

— Justement... Bisou mon Juju !

— Bisou mon p'tit papy... je t'aime !.. Attends Papy...

P'tit Paul qui a assisté à toute la conversation, puisque l'ampli était branché, se rapproche du téléphone :

– ON T'AIME PAPY !

C'est un papy, les yeux rougis et bien humides que l'aide-soignante retrouve dans la chambre ! Elle emporte le plateau en respectant ce moment fort en émotion.

Que de projets !

Papy et son fils Antoine, le papa de P'tit Paul et de Julien, reviennent de l'hôpital. À peine arrivés, Papy se précipite vers sa cuisine, ouvre la porte qui donne sur son jardin. Le banc de pierre est bien toujours à la même place. Il semble garder les lieux. Son fils juste derrière lui, l'observe, une larme humidifie des yeux bien trop souvent accaparés par un travail obsédant. Aujourd'hui, il a pris sa journée, coupé son mobile pour se consacrer, une fois n'est pas coutume à son père. Il ne l'a pas vu vieillir, il n'a pas vu grandir ses enfants. Il goûte ce moment... Des sentiments humains chassent des préoccupations professionnelles qui l'éloignent chaque jour de sa famille. Papy est déjà dans son jardin, assis sur sur le banc de pierre. Il observe, réfléchit, se lève, fait des pas, se rassoit. Son fils comprend alors et s'approche :

— Tu es en train d'imaginer ton nouvel univers Papa ?

— Exactement ! Je garde cette partie en jardin potager, ma salle de sport. Là , près du banc, j'aménage un espace pour qu'on se retrouve plus souvent ensemble. Un chemin qui part du perron et de cet espace de vie pour se diriger vers la grange que j'ai agencé comme une extension de la maison.

— Ah, tu vas avoir la visite de Julien pour sa boum. Une première pour lui !

— Viens, on va donner un coup d'œil avant qu'il arrive... Tiens, la clochette du portail, déjà ?

— Bonjour mon Papy ! J'suis content !

- Bonjour P'tit Paul, tu es déjà sorti de l'école ?
- Ben oui, j'ai même couru pour arriver plus vite !
- Bonjour mon papa. Ça fait drôle de te voir ici, dans le jardin avec Papy.

P'tit Paul a enlacé ces deux adultes complètement sous le charme de ce p'tit bout de chou. Trois générations rassemblées avec un amour débordant. C'est Papy qui se ressaisit le premier.

- Si ça continue, on va faire la fortune des fabricants de mouchoirs en papier. Moi, j'ai toujours le mien dans la poche mais il est en tissu. Un vrai, quoi !
- Dis Papy, ça se fait toujours ça ?
- Oh que oui ! Ça se lave, ça se repasse, ça se parfume légèrement à l'eau de Cologne et hop dans la poche. C'est autre chose que vos morceaux de papier qu'on jette après usage !
- C'est comme vos rouleaux d'essuie-tout, une bonne éponge puis un coup de chiffon propre pour sécher et le tour est joué !

  Mamie avait horreur de ces machins en papier. Elle disait que ça ressemblait à rien.

Re-clochette, re-course sur les gravillons du chemin...

— Papy, t'es là ? T'es sorti, super !

— Ils n'ont pas voulu me garder à l'hôpital. Je serais un malade imaginaire, paraît-il ! J'ai bien voulu les croire.

— Bon Papa, on voit pour Julien ?

— T'es encore pressé, toi !

— Je suis vraiment désolé Papa mais trois coups de fil et je reviens chercher les gamins. Je suis juste là, dehors...

— Vas-y mon grand, pas de problème. On gère !

Papy prend ses deux petits fils par le bras et ensemble, ils rentrent dans la grange.

— Whouaaah !.. Tu as fait des travaux...

— J'ai fait faire, nuance !

— P'tit Paul, rapproche-toi, c'est pour toi aussi tout ça !

La grande salle pour danser par exemple ou faire des jeux...

— T'as mis un flipper, c'est génial !

— Regarde Juju, il y a aussi un billard !

— Que de la récup' mais c'est en bon état. Au fond, j'ai aménagé deux chambres au cas où. Voilà ! Contents ?

Encore une fois les trois, pas les mêmes, se rassemblent pour se serrer les uns contre les autres. C'est beau !

- Qu'on se mette bien d'accord, tout ceci est une récompense parce que vous êtes des p'tits fils formidables avec un excellent investissement scolaire mais qui peut, à tout moment, vous être retiré si ça ne continue pas.

Je sais, c'est du chantage et j'assume

La boum 1

Aujourd'hui samedi, jour J, il y a du monde chez Papy ! Il en a même retiré la clochette qui, peu habituée à tant de passages, s'emballait dangereusement. Julien et ses potes ont investi la grange. Quelques mamans venues accompagner leurs très jeunes filles s'attardent avant de partir. C'est la première boum pour tous ces jeunes. Hélène, la maman est venue pour accueillir les trois jeunes filles et rassurer les mères quelque peu inquiètes.

Papy est assis sur son trône ! Une fierté se lit sur son visage même si, à côté de lui, P'tit Paul fait grise mine. C'était son jour, le samedi ! Le clou de la fête devrait être Antoine, le papa, qui a promis de passer et peut-être même rester un bon moment.

La musique raisonnablement réglée commence à arroser les lieux qui ont été décorés pour l'occasion.

— Dis Papy, tu crois qu'on va pouvoir parler avec tout ce bruit ?

— Tu veux dire la musique ? Oui, elle n'est pas très forte. Ce qui m'inquiète, c'est plutôt l'état de mon jardin après la fête. Tu avais quelque chose à me demander mon p'tit bonhomme ?

— Ben oui, je voulais inviter Grégory. On serait restés sur le banc à discuter... avec toi.

— C'est vrai ça mais c'est trop tard ! Et je ne sais pas si Grégory a envie de parler avec un vieux machin comme

moi.
- Si si, il voulait bien. Il dit qu'il n'a pas de papy !
- Tu veux me présenter comme une bête de cirque ?
- T'es pas une bête, une bête, c'est un animal.
- Pas exactement !
- Qu'est-ce que tu racontes Papy ?
- Autrefois, il n'y a pas si longtemps d'ailleurs, des gens sans scrupules offraient un spectacle honteux en présentant des personnes ayant une déformation physique.
- Pourquoi ils faisaient ça ?
- Pour de l'argent pardi. Les humains étaient montrés comme dans un zoo. Ils devaient éprouver un malin plaisir, peut-être pour se rassurer de ne pas être comme ça !

La musique s'intensifie, le volume est trop important mais avant que Papy réagisse, plus rien, plus de musique, plus un bruit !

- Je vais aller voir Papy !

Sans attendre la réponse, P'tit Paul court pour s'engouffrer dans la grange. Un long moment de silence. Papy commence à s'inquiéter quant P'tit Paul en ressort en criant :

- Papy, Juju a pété les plombs !
- Qu'est-ce que tu racontes ?
- C'est les autres qui disent qu'il a mis la musique trop fort et il a pété les plombs !
- J'ai compris. Trop de puissance, ça a disjoncté... Il n'y a plus de plombs dans cette grange !

Papy lentement se dirige vers la grange.

- Coucou, P'tit Paul !
- Ouais ! Papa ! T'es venu !
- Ben oui, tu es tout seul ? Où est Papy ? Il y a un problème Paul ?
- Comprends rien Papa ! Papy est parti voir. Juju a pété les plombs mais il n'y a plus de plombs parce que ça a disjoncté !

Antoine éclate de rire et la musique revient. Papy ressort de la grange.

- Dis papa, tu trouves pas que Papy marche moins vite ?
- Oui, un peu peut-être...
- Pas grave ! Je leur avais dit « pas trop fort sinon ça

coupe ! »
- T'es là Antoine ? Suis content mon grand !
- Il faudrait que je te parle Papa.
- P'tit Paul, va voir les grands. Tu verras, c'est sympa ! N'insiste pas, si Juju le vit mal, tu reviens sans faire d'histoire...

Paul ne se fait pas prier, il court... S'il pouvait se faire accepter dans le cercle des grands, le monde des grands !

- Voilà papa, j'ai une décision à prendre...
- Ah ! C'est grave ?
- Non, c'est important. C'est le boulot !
- L'entreprise n'a pas de problème au moins ?
- Non ! Une comptabilité saine et un carnet de commande plein.
- C'est toi qui fais tout d'ailleurs ! Tu n'es même pas associé et tu gères tout. En retour, même si tu as un bon salaire, il est loin de récompenser l'énorme investissement en temps,.. pour ne parler que de cela, au risque de mettre ta famille en danger ! Tu te fais exploiter. Il y a bien longtemps que ce vieux machin est parti en retraite, dans sa tête du moins !

  Voilà, il fallait que ça sorte ! C'est le jour de pétage de plombs aujourd'hui !

La boum 2

- Tu as tout juste... comme toujours ! Le patron prend sa retraite et me propose de prendre le relais...
- Je ne peux pas décider à ta place. Je n'y connais rien en entreprise et c'est ta vie mon grand.
- Papa, tu me parles comme si tu t'adressais à Julien voire à Paul. J'ai quarante balais... bientôt !
- Désolé mais tu seras toujours mon fils. Tu en as parlé à Hélène ? Tiens, je ne l'ai vu partir. Tu as une femme formidable et c'est une mère extraordinaire pour tes enfants de surcroît. Elle était là tout à l'heure pour accueillir les mamans. J'ai senti une gêne quelque part mais elle ne voulait pas le montrer, cachant tout ce tracas derrière un sourire qu'elle voulait le plus rassurant. Je la connais bien et je l'aime beaucoup.
- Je sais ! On en a parlé et elle m'a dit : « On te voyait peu, là, on ne te verra plus ! ». Elle a un peu raison mais elle exagère beaucoup. Si je ne reprends pas derrière lui, il vend et là, je peux perdre mon boulot. Je ne fais pas partie des meubles !

Assis côte-à-côte sur le banc de pierre comme il y a si longtemps, ils se taisent, digérant silencieusement, chacun de leur côté, tout ce qui vient d'être dit. Papy aime son fils Antoine. Il a trop peu d'occasions pour l'exprimer. Ce trop plein, ce sont P'tit Paul et Juju qui en bénéficient et c'est un bien pour un mal !

Hélène les surprend tous les deux dans leurs pensées.

- Eh bien, ce n'est pas la joie on dirait !
- Ah ! Déjà là ma chérie ?
- C'est bientôt l'heure des mamans comme on dit.
- Toujours une plaisanterie ma belle Hélène !
- Je suis à bonne école Papy. Vous m'avez convertie.
- C'est gentil ça !

Quelques murmures sur le chemin. Les mamans arrivent un peu confuses.

- Désolé monsieur mais nous n'avons pas trouvé de sonnette !
- J'ai débranché ma clochette. Il n'y a aucun problème. C'est l'heure, on va aller les surprendre. Je vous montre le chemin.

Papy suivi des mamans s'approche de la grange. La table aménagée pour l'occasion à l'extérieur est un amas d'assiettes, de couverts, de restes de gâteaux, de verres à moitié bus ou renversés. La nappe en papier est maculée de taches multicolores

- On va vous donner un coup de main pour ranger tout

ça...

– Il n'en est pas question. Regardez tout est jetable. Un grand sac poubelle et c'est nickel !

Julien m'a promis de tout remettre en état. Ne vous inquiétez pas !

Papy, redoutant l'effet de surprise, frappe à la porte, attend un peu et invite les mamans à entrer. Les réactions ne se font pas attendre :

– C'était super !
– Merci Monsieur Papy !
– Il a d'la chance le Julien d'avoir un Papy comme vous !
– N'en jetez plus, la "cour" est pleine ! Vous avez été formidables les jeunes à part le pétage de plombs !

Tout le monde rigole et c'est avec un grand sourire que les invités remercient Hélène et Antoine qui les raccompagnent jusqu'à l'entrée du jardin. Papy suit à son rythme et quand tout ce beau monde est parti, il remet sa clochette en place.

– La fête est finie, on range tout !
– On va t'aider Papa...
– J'y compte bien !

Il prend son fils et sa belle-fille par le bras...

- Au fait, j'ai pris une décision. Cette année, j'ai pris un mois ferme pour les vacances, quoiqu'il arrive. On part, la p'tite famille, quinze jours tous les quatre !..
- Déjà, moi, je ne suis pas sélectionné dans l'équipe... Il t'en reste encore quinze ! Tu les offres à qui ceux-là ?
- Eh bien à toi pour les travaux de ton futur jardin. Heureux ?
- Bien sûr que je suis heureux mon grand. Le problème, c'est que je ne te vois pas en bleu de travail avec des bottes en caoutchouc ! Mais bon...
- Un : je me fais aider par une entreprise.

  Deux : je relève le défi et tu sais que dans ce domaine, en général, j'assume !

Papy continue son chemin, seul, jusqu'à la grange. Il a été abandonné par le couple de jeunots de quarante balais. Même pas besoin de se retourner, il sait qu'ils sont tombés dans les bras l'un de l'autre.

- Le gros du problème persiste mais si on y met les formes, c'est pas plus mal !

Liberté

Assis sur son banc, Papy observe son jardin. Il vivait à son rythme. C'est lui qui imposait avec la complicité du temps, le contenu d'une journée ponctuée par quelques visites indispensables pour son équilibre. Là, il prend du recul. Cette distance lui permet d'apprécier la beauté de ce tableau vivant. Il en est fier !

Il s'agit de transformer cet espace si familier. Il ne pensait pas que ça serait si douloureux.

Un gamin qui chantonne sur le petit chemin gravillonné le sort de ses rêveries. La joie de vivre déboule dans le jardin.

— Bonjour mon papy !

— Bonjour P'tit Paul. Tu vois, tout a été bien rangé après la tornade de l'anniversaire de Juju.

— Toi aussi, si tu le désires, tu pourras faire un petite fête, ici, avec tes copains... Que devient Grégory ?

— Ça va de mieux en mieux dans sa famille d'accueil. Il dit qu'ils sont très gentils.

Demain, il va aller voir son papa qui est en prison.

— Ah !..

— Dis Papy, pourquoi on met les gens en prison ?

— Parce qu'ils ont fait une bêtise, une chose interdite, quelquefois même très grave... C'est une punition !

— Je sais ça Papy mais pourquoi la prison ?

- On a toujours pensé que pour punir un adulte, le priver de liberté était la solution. On les enferme donc pour une durée variable, en fonction de l'importance de la faute commise. Elle est compliquée ta question mon p'tit bonhomme.
- Oui mais des fois, c'est très grave ?
- C'est quelquefois très grave et si les personnes sont dangereuses, je ne vois pas d'autres solutions pour protéger les autres.
- Tu veux dire pour les tueurs ?
- Oui ou d'autres crimes très graves aussi...
- Oui mais le papa de Grégory, il a volé, c'est tout !
- Ça ne nous regarde pas P'tit Paul ! L'important est de considérer les gens quoi qu'ils aient fait comme des individus, des humains. Tu comprends ?
- Oui Papy... Mais on peut mettre les enfants en prison aussi ?
- Pas en France et dans la plupart des pays dans le monde.

    Par contre, on peut les punir... Même les enfants sont privés après avoir fait une bêtise ou désobéi. On les prive de télévision, d'ordinateur, de sortie. On leur enlève la liberté mais ils ne sont pas enfermés.

    Ah, cette fameuse liberté...

    C'est bien sûr moins grave mais ça commence très tôt.

P'tit Paul ne dit plus rien. Il semble ailleurs. Il réfléchit !

- Je trouve qu'on se ressemble avec Grégory !
- Ah bon ?
- Oui, vous dîtes toujours que je suis très sensible et bien lui aussi, .. et plus que moi ! Des fois, il rigole, avec moi surtout, et des fois, pour un p'tit rien, il s'énerve et il se fâche très fort !
- Malheureusement pour lui, vous n'avez pas eu la même chance dans la vie ! Je te disais que ça commençait très tôt. Les règles, l'attention des parents, l'affection surtout.

    S'il n'y a pas de règles mises en place intelligemment dans une famille et bien l'enfant pour se structurer, va les chercher ailleurs. Dans la rue par exemple.

    D'après toi, qui représente les règles, la loi dans la rue ?
- Je ne sais pas Papy !
- Réfléchis un peu. Qui va te sanctionner en cas de dérapages ?
- La police !
- Bingo ! T'as gagné ! T'as tout compris !
- Dis, Papy mais tu as été en prison, toi ? C'est papa qui me l'a dit !
- Oui, quelques années, six ans, comme enseignant et j'ai été libéré pour bonne conduite !

    Allez file bonhomme, tu vas être en retard !

Brouille

P'tit Paul a l'air bien soucieux aujourd'hui. Papy l'a bien remarqué mais il attend la question qui ne tarde pas à venir.

- Dis Papy, pourquoi les adultes se disputent ?
- Le désaccord entre deux personnes fait partie de la vie, mon p'tit bonhomme. Il ne faut pas que ça soit trop souvent mais ça veut dire qu'ils discutent d'un sujet même s'ils ne sont d'accord.
- Moi je croyais que les parents disputaient les enfants pour qu'ils restent sages. Et après, c'étaient des parents sages.
- Tu sais bien que ce n'est pas si simple! Mais il ne faut que l'un manque de respect à l'autre. Et surtout pas en usant de sa force physique !
- Tu veux dire qu'il ne faut pas qu'un homme batte une femme ?
- Oui...
- Grégory m'a dit que son papa tapait sa maman.
- Tu sais P'tit Paul, quand une dispute surgit entre les parents, elle doit se résoudre par la parole dans le respect de l'autre. Un enfant qui vit dans un environnement de violence souffre énormément.
- Je sais, c'est ce qu'il m'a dit.
- Tu te préoccupes beaucoup pour ton pote, hein ?.. Tu te

poses beaucoup de questions en ce moment !

— Oui, Papy mais...

Paul se tait et semble préoccupé. Papy respecte ce moment et en profite pour aller chercher une tasse de café et une orangeade dans la cuisine. Il revient avec son plateau.

— Pas une goutte de café à côté. Bien Michel !
— Dis Papy, tu sais que papa et maman se disputent des fois ?
— Je te voyais bien tourner autour du pot !
— Qu'est-ce que ça veut dire ?
— Que tu n'osais pas poser cette question, celle qui te préoccupe vraiment !
— Mais, ils ne sont pas d'accord comme avant. Papa voudrait devenir le patron de son entreprise et Maman ne veut pas.
— Je sais ! Je t'en parlais tout à l'heure, tes parents essaient de régler leur conflit par la parole. C'est bien et c'est normal...
— Oui, mais c'est de plus en plus !
— Parce que ton père doit prendre un décision dès la rentrée en septembre.
— Ils vont continuer alors... Tu peux pas les aider Papy. Mon papa, c'est ton fils.

– Non, mon bonhomme. Je suis là pour en discuter mais je ne peux pas prendre de décision à sa place... même si c'est mon fils. C'est compliqué !

– Oui, c'est compliqué les adultes !

– Écoute, on va être bientôt en vacances. Je sais que ton père vous emmène tous les quatre. Au retour, il y a les travaux ici. Ils vont prendre une décision mais beaucoup de moments de joie et de partage à l'horizon.

– Mais, tu étais au courant ?

– Oui, ton père m'en a parlé. Ils parlent beaucoup tes parents en ce moment. C'est pas si mal !

– Oui mais c'est dur et Juju m'a dit qu'il en avait marre !

– Écoute, essaie de parler à chacun de tes parents séparément pour leur dire tout ce que tu viens de me dire. Je pense qu'ils ne seront pas sourds à ton mal-être. Je vais en parler à Juju dès demain pour qu'il fasse la même chose de son côté.

– Oh !.. merci mon Papy, je savais que tu trouverais la solution !

– Ça fait soixante dix euros !!!

– Désolé, j'ai pas encore ça dans mon argent de poche !

La crise

— Bonjour Papy ! Il paraît que tu veux me voir !

— Oh toi, ça ne va pas mon Juju !

— Je veux plus qu'on m'appelle Juju, ni mon p'tit bonhomme. J'ai plus l'âge de Paul ! En plus, c'est pas à lui de me dire si je dois venir !..

— D'abord Julien, tu vas te calmer et me parler autrement ! Ton intrusion car c'est comme cela que je le vis là, est à la limite du manque de respect.

— Désolé Papy mais j'ai la tête à l'envers en ce moment !

— Je vois !.. mais il n'y a pas que la tête qui est à l'envers, le langage aussi ! Je crois que c'est la première fois que tu me parles ainsi. Pour me remettre les idées en place, je vais me faire un café... Pas encore de bière pour toi, t'es encore trop jeune !

— Une grenadine, si tu as Papy...

Papy se lève et se dirige vers la cuisine. Il veut montrer qu'il n'est pas content mais surtout qu'une limite vient d'être franchie. Il revient avec son plateau légendaire et le pose entre eux deux sur le banc.

— Désolé Papy ! C'est pas à toi que j'en voulais.

— Encore heureux ! Tu sais, je comprends aisément les choses Julien. J'ai eu ton âge, ton père aussi. J'ai dû

gérer des deux côtés de la barrière.
- Mais ils n'arrêtent pas de parler de ce foutu boulot !
- Déjà, il faut que tu saches que ce n'est qu'une discussion houleuse pour l'avenir de ton père, de la famille. Ce n'est qu'une simple discussion !
- C'est ce que m'a dit Tristan !
- Ben tu vois ! Mais c'est qui Tristan ?
- Un nouveau pote. Il m'a dit que si ça se trouve, c'était pas mes parents !
- Ah !.. Ça se complique ! Je ne peux pas te dire ce qu'il faut faire mais je peux te donner deux conseils. Le premier est de ne pas tout mélanger...
- Suis obligé Papy. Paul me dit ce qu'il faut que je fasse, les parents se disputent, Tristan me dit des conneries, on refuse que je sorte plus alors que je suis plus grand, les notes sont en baisse et tu me demandes de rester calme !
- C'est vrai que ça fait beaucoup tout ça ! La seconde est d'en parler comme tu le fais. Dis à tes parents ce que tu ressens. Ils t'aideront et, probablement même, cela les aidera !

Tu as changé Julien. Tu t'affirmes, c'est bien ! Reste bien sur la route, la bonne et tout ira bien. Tu es un sacré ... bonhomme !

Quant à Paul, remets-le gentiment à sa place... mais gentiment !

Viens avec moi, je vais te faire écouter quelque chose.

Personnellement, j'aime beaucoup. Tu veux faire cet effort ?
- OK !

Papy n'oublie pas le plateau qu'il remet presque solennellement à Julien et prend la direction de sa cuisine qui est devenue l'entrée de sa maison.

- C'est l'entrée des artistes ! Pose ça là, on va au salon.

Les deux s'installent confortablement. La chanson "En attendant la fin" de M. Pokora fait son travail. Les deux sont très rapidement très émus. Papy se tourne vers Julien, attend qu'il le regarde et lui décoche un clin d'œil. Pas facile avec les yeux larmoyants ! Julien en sourit...

Les cailloux

- Bonjour Papy !
- Bonjour P'tit Paul ! Ah, le bulletin de notes... Tu passes en CE2, j'espère ?

« Paul est un élève volontaire et impliqué. Les résultats sont très satisfaisants. Une grande curiosité l'anime, c'est bien... Avec moins de questions, ce serait parfait !
PASSE EN CE2 »

- C'est super mon p'tit bonhomme. Je suis fier de toi !
- Papa a dit comme toi !.. C'est marrant ! Maman m'a demandé de moins poser de questions en classe.
- C'est vrai qu'en ce moment, tu poses beaucoup de questions. Je vais te proposer un contrat. Tu ne pourras me poser que trois questions ou plutôt, je ne répondrai qu'à trois de tes questions.
- C'est un jeu Papy ?
- Ah ! Celle-là, on va pas la compter sinon il ne t'en restera plus que deux... Tiens voilà trois cailloux. Tu m'en donneras un pour obtenir une réponse.
- C'est un jeu Papy ?
- Celle-là, on ne va pas la compter non plus... Comment faire ?.. Ah, voilà, tu as droit à trois « pourquoi » !

- Tiens Papy, trois cailloux pour toi aussi !
- OK, on résume. Tu as droit à trois « pourquoi » et moi à trois questions. C'est ça ?
- Oui Papy et ça fait déjà une question !
- Tu es dur en affaire, toi. Tu ressembles à ton père. C'est parti !

P'tit Paul réfléchit longuement avant de formuler sa question... sans « pourquoi ».

- Dis papy ! Qu'est-ce que tu vas faire pendant les vacances ? Tu seras tout seul !
- Je dois reconnaître. Tu es très fort. Mais attends, moi aussi, je peux jouer avec les mots ! Je vais travailler tranquillement, nettoyer, surtout pour tout préparer avant les travaux. Il ne faut pas vous inquiéter pour moi !
- Je sais pas comment dire... pourquoi les enfants, on demande souvent pourquoi ? Tiens, Papy un caillou !
- C'est très variable. Tu as les enfants curieux comme toi par exemple et à ton âge, et surtout avant, vous vous interrogez sur beaucoup de sujets... personnels comme toi aussi. Et toi, qu'est-ce que tu en penses ?.. Tiens, un caillou !
- Je sais pas l'expliquer, moi.
- Je suis certain que quelquefois, tu poses une question dont tu connais déjà la réponse.

- C'est pas une question ça ? T'es fort Papy !
- Toi aussi car tu n'as pas répondu !
- Peut-être Papy ! Des fois, je sais mais je suis pas sûr. Toi, tu réponds toujours. Papa, il n'a pas le temps et Maman, elle me dit souvent d'attendre qu'elle finisse un travail et qu'après elle répondra mais souvent elle oublie.

  Pourquoi les adultes, ils oublient toujours ? Ah, zut ! Tiens un caillou. Il m'en reste qu'un !
- Les adultes maintenant, font plusieurs choses en même temps. Même assis confortablement devant la télé, ils zappent. Les enfants, c'est pire ! Non ? Ah ! Tiens un caillou !
- Juju, il est capable de regarder deux films en même temps en zappant.
- Avant, on dégustait tous les moments. On en faisait l'économie. On avait peur d'en manquer ! Maintenant, on les consomme à une vitesse grand V !
- Grégory disait qu'ici, un peu à la campagne, on allait moins vite. En ville, les gens courent tout le temps !
- Qu'est-ce qu'il fait ton pote Grégory pendant les vacances ? Tiens, un caillou !
- Il ne sait pas trop. Pour le moment, il reste dans la famille d'accueil mais après il doit essayer de vivre avec ses parents.
- Essayer de vivre, si c'est pas malheureux !

  Bon, on fait les comptes P'tit Paul ?

– Je peux pas répondre, t'as plus de caillou donc pas de question !

– Sacré bonhomme ! Je sais que tu as gagné... C'est une bonne idée pour l'école ces cailloux !

– Mais je peux pas Papy...

– Pou... Zut, j'ai plus de caillou !.. Heu !.. Ah, remplace tes cailloux par des billes si ton maître ne veut pas de cailloux dans la classe.

Allez, file... une bise à toute la famille !

Avant le départ

Aujourd'hui, veille du départ en vacances de sa p'tite famille, Papy s'attend à un défilé incessant. C'est son fils Antoine qui ouvre le bal.

— Bonjour Papa !

— Bonjour Antoine ! Tu es seul, Hélène n'est pas avec toi ?

— Elle me rejoindra plus tard car elle finit les bagages. Les enfants veulent l'aider, c'est sympa et ça la ralentit plutôt mais bon !

J'ai une nouvelle à t'annoncer !

— Tu m'étonnes ! À vrai dire, je l'attendais un peu plus tôt. Je me disais que les vacances n'étaient pas propices pour prendre des décisions à la hussarde...

— Tu as deviné, je n'en reviens pas ! Tu ne connais pas le verdict ?

— Non quand même...

— Et bien voilà. Les événements et les rebondissements sont allés bon train ces derniers jours. Je ne reprends pas le flambeau tout seul en prenant tous les risques. Hélène avait raison !..

— C'est une brave femme que tu as dénichée là. C'est vrai qu'elle use du frein à main par moments mais c'est une sécurité cette femme. Je l'aime beaucoup !

Je t'ai coupé, désolé, mais je sens que les confidences ne sont pas finies.

— Je te disais non, pas tout seul, mais accompagné. Autrement dit, avec un associé. Je garde mon boulot. L'entreprise peut continuer sur sa lancée et j'ai quelqu'un pour me seconder.

— Je suis content pour toi Antoine. Tu sais que les affaires, ce n'est pas ma spécialité...

— Bonjour Papy ! Antoine, tu veux bien prendre le relais ? Tous les bagages sont prêts. Ils n'attendent que toi pour être chargés.

— J'y vais ! Fais attention à toi Papa et n'hésite pas, au moindre problème, tu appelles...

— Bien sûr. Il n'y en aura pas. Prends soin de ta belle famille !

— Je suis venue vous dire au revoir Papy. Les enfants arrivent pour passer un moment avec vous. Ils ne comprennent pas que vous ne veniez pas avec nous.

— Merci Hélène. Je vous sens tous inquiets. Faut pas ! À notre époque, à la moindre alerte, il est facile de demander de l'aide.

— Antoine ne voulait pas vous en parler. Il m'a chargée de le faire. Nous avons demandé à quelqu'un de passer prendre le café avec vous de temps en temps !

— Si j'ai bien compris, il faut que je fasse le plein de café.

Merci Hélène, vous savez que la porte est toujours ouverte, je considérerai donc cette intrusion dans ma vie privée comme une visite de courtoisie.

— À très bientôt Papy, je file !

Papy profite de cette accalmie pour aller se faire un p'tit café. À peine arrivé dans sa cuisine, il entend les cris et les rires de ses deux garnements qui donnent un sens à sa vie. Ils vont lui manquer mais il ne faut pas le leur montrer. Rarement cachottier mais là, il est obligé !

— C'est quoi cette invasion ? On ne peut pas être tranquille un p'tit moment dans ce jardin !

— C'est P'tit Paul qui criait !

— Non, c'est Juju !

— Je ne veux plus qu'on m'appelle Juju. Mon nom, c'est Julien !

— Il a raison P'tit Paul. Je peux t'appeler P'tit Paul ou tu préfères Paul ?

— Non Non, Papy ! P'tit Paul, comme toujours !

— Bon, Papy, je dois y aller... je t'embrasse ! Je dois voir mon pote avant de rentrer car on mange plus tôt ce soir. Paul ne tarde pas trop !

— Bonnes vacances mon Julien. Profite bien. Amuse-toi bien ; c'est bon pour le moral !

Papy vient de décocher un clin d'œil à son p'tit fils qui prend conscience subitement de son attitude et baisse la tête avant de disparaître.

- Il est bizarre en ce moment Juju !
- Ça lui passera ! Un besoin de s'affirmer. Ce n'est pas grave !
- C'est comme ça, les ados ?
- Faut croire et la crise de ton frère est relativement "soft".
- Moi, je veux pas être ado ! C'est bête et en plus ils ont des boutons sur le visage...
- Un peu simpliste comme constat !
- Ça veut dire quoi simpliste Papy ?
- Ce qu'on dit est beaucoup trop simple parce qu'on n'a pas assez réfléchi !
- Dis Papy, ça ne marche pas bien les billes pour les questions en classe.
- Comment ça ?
- J'ai un peu triché... J'ai mis quatre billes dans la poche. On avait dit trois, tu te souviens ?

  À chaque fois que je posais une question, je mettais une bille dans l'autre poche. Quand j'avais deux billes dans la poche à droite et deux billes dans la poche à gauche, je savais plus dans quel sens ça marchait... J'ai dû me

tromper beaucoup de fois. Monsieur Chotard, il a dit que j'avais posé plus de questions que d'habitude !
- Oui, je vois. Sacré P'tit Paul !

Je vais te dire un proverbe, sioux je crois. Si tu ne comprends pas tout, on en parlera plus tard. Écoute bien :

"Après m'avoir appris à parler,

mes parents m'ont appris à me taire."

Allez file bonhomme !
- Je vais réfléchir comme tu m'as dit tout à l'heure. Faut pas être simp ... simpliste !
- Au revoir mon P'tit Papy que j'aime !

Paul part en courant. L'innocence de ce p'tit bout d'chou fait encore craquer Papy qui verse une larme. Ça va être dur !

Visite surprise

La clochette d'entrée annonce le venue de quelqu'un. Papy qui s'était assoupi dans le salon sort dans le jardin et attend... Personne ! Il décide d'aller voir et reconnaît le monsieur de la grande maison au bout de la rue. Ils se saluent régulièrement. Cet homme a fait tinter la clochette mais n'a pas osé franchir le portail.

- Fallait entrer ! Quand je ne veux voir personne, je ferme à clé.
- Quand même ! Je suis Monsieur Fournet, nous nous croisons quelquefois.
- Oui bien sûr, votre famille accueille des enfants en grande difficulté sociale.
- C'est ça ! Vous êtes venu gentiment nous apporter des salades et des cerises. Nous avons bien apprécié votre soutien dans ce moment difficile avec la maman de Grégory, l'enfant que nous gardons actuellement. Il est ami avec votre petit fils. Ils s'entendent bien tous les deux.
- Entrez et suivez-moi. On ne va pas rester à l'entrée.

Ce monsieur, sous le charme de ce jardin si accueillant, regarde partout... Il semble sortir de sa réserve et sourit bien volontiers.

– Un café, ça vous dit ?

– Oui, merci !.. Je suis là pour ça.

– Pardon ?.. Je comprends, vous êtes la personne chargée de me surveiller !

– En quelque sorte... oui !

– C'est mon fils qui s'inquiète d'un rien. Je vais avoir 70 ans, je ne suis pas un vieux... quoique !

– Il n'y a pas que votre fils qui s'inquiète. Si j'ai bien compris, vous avez une famille chaleureuse. L'idée au départ vient de Paul ! Il a l'esprit vif, ce petit bonhomme car je sais qu'il a manigancé avec Grégory tout un stratagème.

– Ôtez-moi d'un doute, vous connaissez mon fils Antoine ?

– Bien sûr, c'est votre fils qui m'a proposé de venir vous rendre visite... de temps en temps.

– J'ai comme l'impression qu'il y a un deuxième volet à votre demande.

– On ne peut rien vous cacher ! Vous avez deviné ?

– Je vous donne la réponse, c'est oui tout de suite.

– Paul lui a tellement parlé de vous. Grégory ne sait même pas s'il a un papy. Il doit, en principe, partir chez ses parents avant le retour de Paul.

– Aucun problème si Paul est d'accord. Il faut que je

retrouve ma cape de Super Papy. Par contre, je vous demanderai de l'accompagner.

Vous avez dit "en principe" pour le petit Grégory.

— Oui car il reste encore quelques formalités à remplir et il s'agit d'un essai.

— Pauvre gamin ! À l'essai chez ses propres parents... J'en ai la chair de poule.

J'ai appris, par Paul, qu'il se sentait bien chez vous.

— C'est vrai ! Il a pris ses marques comme on dit. Son comportement s'adapte progressivement. C'est un gamin si sensible donc fragile !

La présence de Paul lui a fait aussi un grand bien. Je le croise de temps en temps, c'est un sacré bonhomme ce Paul. Il est incroyable !

— J'avoue que sa p'tite famille l'aide à se structurer.

— Vous y êtes pour beaucoup aussi, non ?

— Je ne sais pas... je ne pense pas... Vous semblez avoir une attitude très positive aussi avec Grégory. Vous travaillez avec des enfants ?

— Non, c'est ma femme qui fait famille d'accueil à elle toute seule. Moi, je suis ... policier !

— Je comprends mieux pourquoi mon fils vous a choisi !

Les deux hommes se lèvent, se serrent la main en souriant. Apparemment, le courant est passé !

— Je vous confie la citation de Pythagore, c'est l'une de mes préférées :

"Un homme n'est jamais si grand
que lorsqu'il est à genoux pour aider un enfant."

— Merci. Je prends cela pour un compliment.

Dure réalité

Papy relit une dernière fois cette carte postale du Lavandou signée par ces quatre qu'il porte dans son cœur, la pose sur le banc avec le téléphone et part ramasser sa récolte du jour. Quiconque connaît Papy, se rendrait compte qu'il attend un coup de fil, un coup de fil important. Aujourd'hui, il a mis sa montre qu'il regarde tous les cinq minutes. Une évidence, un rendez-vous qui se fait attendre !

Au moment où il s'y attend le moins, les bras chargés, se dirigeant vers la grange, le téléphone sonne. Il jette sur la table à l'autre bout du jardin, tout ce qu'il a dans bras et "pique" un sprint vers le banc où le téléphone s'impatiente. Arrivé à un mètre de l'appareil, la sonnerie s'arrête. Déçu, les bras ballants, reprenant sa respiration, La mélodie reprend. Il décroche immédiatement.

— Bonjour Papa, je croyais que tu étais sorti.

— Bonjour Antoine, je savais que tu appellerais, je n'allais pas m'absenter. Merci pour votre carte postale ! Comment se passent ces vacances ?

— Très bien ! Ça faisait longtemps qu'on n'était pas parti tous les quatre. Que du bonheur !

— Le pli est pris. N'oublie pas qu'avec un associé, on se partage les tâches !

— Tu as raison ! Ici, on a l'impression que tu es parmi nous !

– Ah bon ?

– On entend des réflexions "Papy, ça, il aurait pu le faire!", "Pourquoi Papy n'est pas avec nous ?", "Il est dur ce tour de magie, hein Papa ?.. Tu as compris Papa ?.. Papy, il aurait compris, lui !". Tu es partout et … tu nous manques !

– Merci Antoine ! Ce n'est plus pour moi tout ça et il fallait vous retrouver tous les quatre. Tu l'as fait, Bravo !

– Bonjour Papy ! Je vois que tout va bien !

– Bonjour Hélène, oui, aucun souci ! Antoine a déjà disparu ?

– J'ai eu ma visite de courtoisie et j'ai bien apprécié le policier en faction devant chez moi !

– Oui, je comprends votre étonnement. Je vous embrasse Papy et je vous passe Julien !

– Coucou Papy ! C'est chouette ici, c'est beau, il y a plein de monde et pour faire des connaissances, c'est super ! Et toi, ça va ton jardin ?

– Oui, mais je prends un peu mon temps. Je lis, je me repose et des fois, je m'endors. Le paradis !..

– Je t'embrasse Papy !.. J'ai un coup de fil à donner !

– Elle s'appelle comment ?

– Je sais pas moi,.. c'est Paul !

— Des vrais courants d'air cette famille !..

— Oui, c'est vrai Papy, on est tous pressés. On va manger et après on sort en soirée pour aller se promener sur le remblais. J'adore ça Papy. Y a des spectacles dans la rue, on entend de la musique, on mange des choux roses... quelque chose comme ça !

— Tu veux dire "churros" ou des "chichis". C'est vrai que c'est bon ces cochonneries mais ça fait grossir !

— C'est des gâteaux Papy ! Attends, je vais fermer la porte !.. Dis Papy, sur la plage, il y a des dames presque nues. J'ai vu les seins ! J'ai le droit de regarder Papy ?

— Ce sont des personnes qui vivent ainsi complètement libres mais ce n'est pas un spectacle ! Tu te dois de les respecter ; ce ne sont pas des bêtes curieuses... Ben, ce n'est pas la première fois que tu pars en vacances P'tit Paul !

— Ben Papy, les autres années, avec Juju, on partait avec Mamie et toi ! Tu te souviens ? Tu faisais des randonnées avec Juju et moi, je restais avec Mamie parce qu'elle était fatiguée ! Elle me lisait des histoires... Tu es toujours là, Papy ?..

— Oui oui, c'est la transition qui est dure !.. Ce n'était pas l'année dernière mais il y a deux ans mon p'tit bonhomme... L'année dernière, nous ne sommes pas partis !

— Je te fais un gros bisou Papy, on passe à table ! Je t'aime mon Papy !

– Moi aussi !..

Papy Michel est pensif. Des souvenirs douloureux remontent... Il se lève, va ranger tout ce qui traîne dans le jardin et part s'abriter à l'intérieur, se met une musique douce et se cale dans son fauteuil.

Il n'est pas déçu de ce coup de fil. Il lui accordait peut-être trop d'importance ! Il les aime tant et ils ont été fidèles à l'image qu'il a d'eux.

C'est la première fois qu'il ne part pas avec ses petits fils. Loin des yeux, loin du cœur ! Non, ce n'est pas le procès qu'il leur fait mais la réalité est si dure.

Il prend conscience que son investissement dans ce jardin lui permet d'oublier tout cela. Offrir ses fruits et légumes, est-ce une monnaie d'échange pour un intérêt si fragile ?

Non, il joue un rôle important auprès de ses enfants et petits enfants. Tout le monde le reconnaît volontiers !

Tant de doutes dans une tête qui vieillit, une larme coule sur sa joue. La musique s'arrête, tant pis, il n'a pas envie de bouger, de se lever. Il tend la main vers la couverture toujours pliée sur le fauteuil d'à côté, à disposition, s'en empare pour se couvrir et s'endort...

Grégory

Après avoir bien dormi, Papy est plus en forme aujourd'hui. Il est investi d'un rôle qu'il aime bien. Il a tellement été en contact avec des enfants au cours de sa carrière, qu'il a l'impression de rallonger le temps. Il a besoin de reconnaissance notre papy finalement. Il finit sa mise en place car ils seront trois et pour prendre une collation, le banc ne suffit pas. Une chaise de jardin et une petite table basse d'extérieur ont été rajoutées. La clochette de l'entrée annonce le début des festivités.

Il se met au bout du chemin et de loin, d'un geste familier, il invite ses visiteurs à entrer et à venir jusqu'à lui. N'aimant pas s'embarrasser de protocoles, la simplicité prime chez lui !

- Bonjour Papy Michel, je vous présente Grégory, le copain de Paul.
- Bonjour à vous deux !.. Grégory ! P'tit Paul m'a beaucoup parlé de toi car il t'aime bien !
- Bonjour Monsieur Papy...
- Faut pas te gêner ici mon p'tit bonhomme. Tenez, on va aller s'asseoir.

Ce petit garçon paraît bien intimidé. M. Fournet s'approche de lui, dépose la main sur l'épaule et lui décrit le jardin comme s'il était chez lui. Grégory se détend et pose quelques questions...

- Ça, il faut le demander à Papy Michel !

Michel, vous permettez que je vous appelle Michel ?

- Aucun problème si vous me dévoilez votre prénom...
- Pardon ! Moi c'est Cédric. Grégory est surpris par le jardin.
- Qu'est-ce qui te surprend mon p'tit bonhomme ?
- Y a pas de jeux ! Je croyais qu'on pouvait jouer !
- Alors, je comprends mieux ta surprise. C'est un jardin potager et petit à petit, j'ai fait des aménagements pour mes petits enfants. Tu comprends ?
- Oui mais qu'est-ce qu'il faisait ici Paul ?
- Il venait surtout voir son papy et on discutait beaucoup tous les deux. Tu sais que P'tit Paul est très bavard...
- Oui, le maître dit souvent ça ! Moi, j'aime bien parler avec lui.
- Moi aussi, et j'ai besoin de parler moi aussi.
- Vous parlez de quoi ?
- Tu sais qu'il est très curieux, alors il me pose des questions et j'essaie de répondre, pour l'aider.

Tu dois parler avec Cédric des fois, non ?

- Oui, un peu... mais surtout avec Angélique !
- Discuter, parler, poser des questions, répondre, écouter, tout ça, c'est très important ! C'est mon avis. Qu'est-ce que tu en penses, toi ?

- Je sais pas moi... T'as pas de jeux Papy ?
- Ça, c'est drôlement sympa de m'appeler Papy...
- Oh pardon ! C'est Paul qui m'a dit que tu t'appelais Papy.
- Faut pas t'excuser Grégory, j'accepte bien volontiers.
- Qu'est-ce que tu veux boire ? Orangeade, grenadine, menthe ou … café ?
- Oups, je bois pas de café, je suis trop petit.
- Cédric, le contrat mentionne un café, je crois...

Fier de son coup car Grégory vient de lui envoyer un sourire encore plus grand que celui de Cédric, Papy s'engouffre dans sa cuisine. Quand il en ressort, Grégory est parti vers le jardin et trifouille la terre juste à côté des fraisiers. Il le laisse. Il semble prendre plaisir à remuer cette terre fine qui fait passer entre ses doigts.

- Il se déride un peu apparemment.
- Merci, j'ai eu peur que vous fassiez allusion à ses parents au sujet des discussions.
- Je ne me permettrais pas. Ce n'est pas mon rôle. Il voulait voir un Papy dans son jardin, il est servi.

  La relation avec ses parents est si délicate ?
- Il n'y a pas de discussion. Beaucoup de disputes ! Des cris et … des coups.

On a essayé d'abord ce sujet, il s'est bloqué immédiatement.
– Excusez-moi.

Papy se lève pour apporter un panier à Grégory. Cédric les rejoint.

– Tiens mon bonhomme, au lieu de creuser un sous-terrain, tu peux cueillir autant de fraises que tu veux et les emporter. Tu les prends délicatement pour ne pas les écraser !
– Monsieur Papy, même les toutes petites ?
– Si tu veux, les toutes petites à côté, ce sont des fraises des bois.
– On n'est pas dans les bois !
– Tiens un deuxième P'tit Paul.
– Merci Michel. Après les cerises, les fraises...
– Vous oubliez les salades !
– Toujours ce petit mot qui prête à sourire.

Le petit panier bien rempli, Papy raccompagne ses deux invités jusqu'au portail. Les deux hommes se serrent la main. Pour plaisanter, Papy la présente à Grégory qui la prend pour la coller contre sa joue.

Cédric fait le V de la victoire avec un sourire complice.

Finies les vacances 1

Après plusieurs coup de fils et trois cartes postales, les quatre mousquetaires reviennent de vacances. P'tit Paul en d'Artagnan, belle image !

Papy est impatient comme le serait un enfant. Une saine effervescence va renaître dans son jardin. Il a souvent mesuré les modifications de son espace de vie avec des pas, à l'ancienne ! Dimanche, c'est souvent le jour de Julien mais ce n'est pas lui qui l'a instauré. Des habitudes se mettent en place toutes seules sans qu'il ne soit besoin d'y réfléchir. La clochette résonne...

- Bonjour mon Papy !
- Suis heureux de te voir P'tit Paul. Vas-y doucement... Heureusement, qu'il y avait le banc sinon, on se retrouvait à terre tous les deux !
- Pardon Papy mais j'étais tellement content. Ça fait longtemps... quinze jours. C'est le jour de Julien mais on s'est mis d'accord, il vient un peu plus tard. Samedi, c'était hier mais on était en voiture.
- Vous auriez pu venir ensemble.
- C'est Julien qui voulait pas. Il a dit que j'allais parler tout le temps et qu'il voulait te parler tout seul.
- Eh bien, on verra ça tous les deux tout à l'heure !
- Moi, je sais ce qu'il va te dire. Juju, il ...
- Non mon bonhomme, il faut respecter les autres. C'est

son histoire. Alors, ces vacances ?

- Super Papy ! Tout le monde était content. On a discuté et beaucoup rigolé. C'est bien d'être tous les quatre. Papa, des fois, il devait répondre au téléphone et on était obligé de s'arrêter de jouer pour l'attendre.
- Ah, ce boulot !..Un jour, avec Juju, on lui a caché le téléphone. Il était pas content.
- Je comprends...
- C'était la première fois qu'il se fâchait comme ça !
- Je peux parler mon p'tit bonhomme ? Tu en as des choses à raconter,toi...
- Julien aussi. Il ...
- Paul !.. Il me le dira lui même ! Je voulais seulement te dire que ton papa avait un travail qui lui prend beaucoup de temps. Il a fait un très gros effort pour partir avec vous en vacances tous les quatre.
- Je sais Papy mais il aurait pu dire en partant qu'il était en vacances et qu'il ne voulait pas être dérangé !
- Pas facile avec une entreprise en plein changement dont il est responsable.
- Nous, il nous disait bien quand il répondait au téléphone, qu'il ne voulait pas être dérangé !
- Et si on parlait de tout ce que vous avez fait ensemble ?
- La plage, les promenades sur le remblais le soir et des fois, on faisait des jeux de société.
- Un sacré résumé !

— Grégory, il est venu ?

— Oui avec M. Fournet.

— Il est pas venu tout seul ?

— Ben non, tu sais on ne se connaît pas assez. Il est normal qu'il soit accompagné.

— Qu'est-ce qu'il a fait alors ?

— Il a ramassé des fraises et pendant ce temps, on prenait un café avec Cédric...

— C'est qui Cédric ?

— Le monsieur qui accueille Grégory, M. Fournet.

— Tu l'appelles Cédric ? C'est un copain ?

— Oui, quelqu'un de bien !

— Chouette, on va pouvoir se voir tous les quatre !

La clochette résonne encore !..

Finies les vacances 2

Les deux frères se croisent devant le portail.

- T'as rien dit sur moi Paul ?
- Ben non, je sais me tenir. Papy m'a dit un jour, que sept ans, c'est l'âge de raison ! Alors tu vois...

Julien frotte le dessus de la tête de son petit frère avec un grand sourire et finalement avec beaucoup d'affection. Julien, les mains dans les poches, se met à siffloter comme s'il voulait prévenir Papy de son arrivée.

- Tiens, te voilà mon grand !
- Ben oui, j'allais pas t'oublier... T'as déjà ratissé tout ça Papy !
- Les travaux, c'est pour bientôt. Cette partie va être recouverte de dalles et sur celle-là, je sème de la pelouse.
- Il te reste plus rien pour tes légumes Papy !
- La moitié. Tu veux qu'on mesure et qu'on calcule ? Ça me fera une vérification.
- Non non, j' te fais confiance.
- Alors ces vacances ?
- Et bien Papy, je suis... sorti avec une fille. Mais... elle

habite loin !

- Ah ça mon Julien, Ce sont les amours de vacances. Vous allez vous écrire ! Tiens, à ce sujet, même si moi, ça ne me dérange pas, essaie de ne pas écrire comme tu parles. Tu as dû apprendre ça au collège.
- Bien sûr Papy mais, tu sais, les SMS et les discussions sur les réseaux sociaux, on fait pas très attention !
- C'est vrai que par rapport aux lettres d'amour qu'on écrivait avant...
- Faut vivre avec son temps Papy !
- T'as raison! J'te prépare une nadlimo ? Moi, j'prends un féca.
- Sacré Papy ! Un diabolo-grenadine, si tu as.

Papy revient avec son plateau. Il aperçoit Julien, pensif, caressant le banc de pierre.

- Tu gardes le banc ?
- Oh oui ! Il a entendu tellement de choses. Lui, je n'y touche pas !
- Tu as rencontré des filles en vacances Papy ?
- Non Julien. À mon époque, on ne partait pas aussi loin pour les vacances. Je donnais un coup de main à la ferme. J'adorais ça !
- Ta première copine alors ?

– C'était Mamy. J'ai rencontré ta mamy à l'école élémentaire. Plus exactement à la cantine de l'école car, à l'époque, l'école de filles et l'école de garçons étaient séparées. Peu de temps après, des écoles mixtes les ont remplacées.

– À quel âge, vous avez flirté alors ?

– C'était très surveillé mais on est sortis ensemble, on avait 14 ans. C'est le premier jour que je lui ai fait un bisou... en cachette, bien sûr !

Mais c'est à toi de raconter !

– J'ai pas grand chose à raconter Papy. J'ai rencontré un groupe de copains. Un jour, j'ai pris la main de Julia et elle a accepté. Le soir, on se promenait, je l'ai embrassée. Les autres garçons avaient des copines aussi. C'était super Papy !

– Je suis content pour toi Julien ! Tout s'est bien passé alors ?

– C'est-à-dire... Papa t'en a pas parlé ?

– Non, tu m'inquiètes là !

– On s'est fâché avec Papa... et Maman !.. Ils m'avaient donné une heure pour rentrer et et je suis rentré en retard !

– Tu me rassures. Dix minutes de retard ?

– Non une heure. Je sais que j'avais tort mais une leçon de morale à mon âge... Tous les copains rentraient à une heure et moi à minuit. C'est pas juste !

— Tu avais un portable ?

— Oui mais...

— Désolé mais là, tu as tort à 200% ! Pourquoi ne pas les avoir prévenus ou leur demandé leur avis ?

— Tu parles, je connaissais la réponse !

— Donc ?

— J'ai été puni de sortie le lendemain. C'était dur ! Ils sont venus pour que Papa change d'avis mais ça n'a pas marché !

— Écoute mon bonhomme. Tu as des parents formidables. Tu es formidable ! Je le pense vraiment. Je crois que j'aurais fait de même.

— Pas toi Papy !

— Oh que si ! Tu sais que j'ai fait des études moi. J'ai fait gamin, après ado ensuite adulte premier cycle comme père et enfin adulte second cycle comme grand-père. Je pense que je vais m'arrêter là !

Imagine qu'un de tes copains vive ça. Que lui dirais-tu pour arranger les choses ?

— Je sais pas moi !..

— Tu ne dois pas être un bon copain alors !..

— Je lui dis de laisser couler ! Que c'est pas si grave !

— Je savais que tu étais un bon pote, toi. Ils en ont de la chance tes amis!

Papy tapote l'épaule de son Juju, lui fait signe de le suivre à l'intérieur. Il a une bonne discothèque le papy. Il la complète régulièrement, au cas où !

En plein travaux !

La clochette s'excite frénétiquement, un "Papy, c'est moi !" suivi de pleurs. Papy se précipite. P'tit Paul est allongé sur le ventre en pleurs, tenant dans sa main un lettre.

— Que t"arrive-t-il mon p'tit bonhomme ?
— J'suis tombé. C'est nul tes travaux ! Ils ont fait des trous partout.
— Oui, c'est vrai, c'est une ornière creusée par le passage des engins.

Papy relève son P'tit Paul qui ne semble pas s'être gravement blessé sinon une écorchure au genou.

— Viens, je vais te nettoyer ça !
  Il faut toujours désinfecter quand ça saigne. Là, c'est éraflé mais on va le faire tout de même.
— C'est pas encore fini les travaux Papy ? C'est long !
— Il fallait creuser un peu, faire une assise en béton, avant de poser les dalles. Tu vas voir, ce sera super !
— Il a drôlement changé ton jardin Papy. C'est plus comme avant. Qu'est-ce qu'elle dirait Mamie si elle était là ?
— Elle m'aurait aidé à concevoir le tout. Ta mamie n'avait

qu'un seul désir, c'était de vous apporter tout ce qui pouvait vous rendre heureux, ta p'tite famille et toi !

– Je sais Papy. Elle doit être contente alors !

– Il faut vivre avec son temps, dirait Julien. C'est vrai mais je voulais aménager mon jardin et avoir plusieurs espaces pour accueillir mes p'tits gamins. Ah, ce n'est pas un parc d'attractions comme le regrettait Grégory.

– Tiens, j'allais oublier, c'est une lettre de Grégory. J'étais content. Il m'a pas oublié !

– Tu as bien compris ce qu'il a écrit ?

– Oui ! Tu dis ça parce qu'il écrit mal, mais j'ai tout compris. Il dit qu'il s'ennuie. Heureusement, il peut regarder la télé et jouer à la console autant qu'il veut.

– C'est-à-dire toute la journée. Pauvre gamin ! Qu'est-ce que tu en penses toi ?

– Je ne sais pas Papy. J'aime bien sortir mais j'aime bien jouer à la console quand je vais chez un copain. Tu sais bien, à la maison, on n'a pas de console de jeux. On peut jouer sur l'ordi mais que quelques heures par semaine. On n'est pas une famille comme les autres !

– Ah bon ?

– Ben non ! Tous mes copains à l'école ont des jeux électroniques. Des fois, ils parlent de niveaux et moi je comprends rien !

– Tu as déjà joué à ces jeux ?

– Oui, quand je suis invité chez un copain.

- C'est très bien alors. Et toi, quand tu les invites, tu leur proposes autre chose. Chez toi, tu as plein d'autres centres d'intérêt et maintenant, tu pourras même les inviter ici.
- C'est vrai ? Merci Papy !
- Avec la grange et les jeux qu'il y a dedans...

P'tit Paul se jette au cou de Papy qui se tourne légèrement pour cacher la p'tite larme qui s'invite elle aussi. La transformation de son jardin devenu trop grand, va faire des heureux. C'est sûr !

L'inauguration

Le portail est ouvert et la clochette a été retirée. C'est un signe, Papy Michel reçoit ! Pour l'inauguration, il a invité en plus de sa petite famille ravie par l'événement, Angélique et Cédric Fournet et Monsieur... Chotard.

Julien et P'tit Paul sont très surpris de voir leur ancien instituteur, ici, chez Papy.

Solennellement, Papy Michel prend la parole :

– Je remercie tout le monde. Rassurez-vous, je vais être très bref et surtout, je ne me présente pas aux élections mais je voulais réunir des gens que j'aime bien.

Je viens de rencontrer Monsieur et Madame Fournet et je veux leur dire que je suis fier d'avoir fait leur connaissance.

– Y a pas Grégory ?

– Non P'tit Paul mais je crois savoir que de bonnes nouvelles pointent leur nez à l'horizon.

– Oui mais pourquoi il y a Monsieur Chotard ?

– Tu garderais un mauvais souvenir de ton instituteur Julien ?

– Heu... Non ! Excusez-moi !

– Je ne vais pas réussir à finir mon discours...

– Dis Papy ! Moi j'aime bien Monsieur Chotard mais pourquoi il est là ?

— J'ai commencé par dire que j'avais invité les gens que j'aime bien !

Bon, on leur dit ?

— Allez !.. Papy Michel a été mon maître à l'école et il m'a donné l'envie d'exercer le même métier que lui.

— Dis Papy, le maître était un bon élève ?

— Ça, c'est un secret professionnel !

Bon, pour les aménagements, loin d'être un parc d'attraction, ce sera votre univers désormais les enfants. Une belle grange aménagée, un p'tit espace vert, une table pour nous réunir et ce qui reste de mon jardin pour le plaisir de tous.

J'ai décoré l'intérieur de la grange et c'est une surprise que je vous invite à découvrir.

Tout ce beau monde, se dirige vers cette fameuse grange. Le plaisir et la joie se lisent sur tous les visages. La porte de la bâtisse est fermée, Papy n'a pas la clé et semble s'énerver...

— Bon, ça suffit, tu ouvres la porte maintenant !

La porte s'ouvre lentement. Elle ne grince plus depuis les travaux. Un p'tit bonhomme apparaît :

— C'était long, j'en avais marre d'attendre !

- Grégory !..

Les deux gamins se jettent dans les bras l'un de l'autre ! Tous les autres entrent dans le bâtiment pour découvrir la déco de Papy.

Il a ressorti tous les dessins et objets décoratifs que son fils et ses p'tits fils lui ont faits pendant des années. Certains sont affichés et d'autres disposés sur les tables. Une grande émotion envahit cet espace chaleureux. Papy Michel sait jouer avec les émotions.

- Dis Papy, c'est quoi ce dessin ? Papa dit que c'est pas lui qui l'a fait et Julien dit que c'est pas lui non plus !
- Ah oui, ce dessin !.. Un bonhomme avec des épaules larges et de gros muscles...
- C'est le mien Paul, il est très vieux et je ne savais pas que Papy Michel l'avait conservé !
- Bien évidemment que je l'ai conservé. C'est un dessin de Maître !

Pour la première fois, P'tit Paul tombe dans les bras de son instituteur qui l'accueille avec tendresse.

- C'est la première fois que je vous vois chez Papy ?
- Vous étiez mes élèves et on ne voulait pas tout mélanger mais là, je ne suis plus votre instituteur !

Mon p'tit bonhomme

Papy qui entend la clochette, s'empresse de sortir...

— Bonjour mon Papy !
— Bonjour P'tit Paul. Que fais-tu dehors avec un temps pareil ? Viens, on va se mettre à l'abri !

Réfugiés dans la cuisine, Papy s'apprête à se faire un café pendant que P'tit Paul regarde par la fenêtre en direction de la grange. Papy ouvre la porte, prend son p'tit fils par les épaules.

— Qu'y a-t-il P'tit Paul ?
— On peut aller dans la grange Papy ? Tu peux te faire un café là-bas, j'ai vu une cafetière !
— Tu as raison. Tiens, la clochette...
— Oui, j'ai oublié de te dire, Julien doit passer...
— Bonjour Papy. Qu'est-ce que vous faites, on dirait que vous êtes prêts à piquer un sprint.
— Viens avec nous Julien. Vous voyez la grange là-bas...
— Ben oui Papy, c'est même moi qui voulais y aller...
— Eh bien, c'est notre objectif. Il pleut énormément, on va courir comme si on voulait attaquer cette forteresse. Vous êtes prêts ? 1...2...3... Partez !

Les trois arrivent à destination. Les dessins sont encore là. Julien part à leur découverte. P'tit Paul a celui de Monsieur Chotard dans les mains. Rapidement Julien abandonne et va jouer au flipper.

- Il avait déjà des muscles le maître quand il était petit ?
- Non P'tit Paul ! Enfant, quand on dessine un bonhomme, c'est un peu l'image qu'on a de soi dans la tête. Tu comprends ?
- Non pas trop Papy !
- C'est un peu comme on se voit. Regarde bien ! L'enfant qui a dessiné ce bonhomme, s'est en réalité dessiné tel qu'il se voyait. Monsieur Chotard était un élève charmant et très intelligent. Tous les autres élèves lui disaient qu'il était fort. Lui aussi pensait qu'il l'était. Il s'est donc dessiné avec de gros muscles.
- Et pourtant, à cet âge-là, on est plus réaliste.
- Et les autres, ils avaient pas peur de lui ?
- Oh que non, toujours prêt à aider les autres élèves ou à rendre service aux adultes. C'est un brave bonhomme; tu sais!..
- Grégory, il ne veut pas se dessiner ! Une fois, il a accepté mais il était tout petit dans un coin de la feuille, en plus il était tout bizarre, tout tordu !
- C'est ce que je te disais. Des spécialistes retrouvent des informations importantes sur l'enfant qui a dessiné, qui

s'est dessiné. On y retrouve de la douleur, de l'angoisse... Si tu cherches ton dessin, il est affiché.

– Tu vois Papy, là, j'ai dessiné notre maison, la route et ta maison avec le jardin et la grange.

– Et toi, sur la route... C'est quoi ces petits signes qui s'envolent ?

– Des notes de musique Papy. Je chante parce que suis content de venir te voir.

– Julien, tu as trouvé tes dessins ?

– Oui mais ils sont vieux, j'ai grandi depuis... Je peux finir ma partie ?

– Bien sûr mon grand ! Il n'est pas trop vieux ce flipper ?

– Non, non, ça peut aller ! Zut! J'ai raté l'extra-ball...

– Si vous êtes d'accord, je vais afficher quelques-uns de vos dessins pour décorer et les autres seront stockés dans cette malle. Aucun problème si vous désirez y accrocher des posters ou des photos, Vous faites de la place et vous les mettez. Je garde cependant vos dessins. La malle est là pour ça !

– C'est notre grange alors !

– On peut inviter des potes Papy ?

– Aucun problème mes grands. Je veux seulement savoir qui entre chez moi. C'est tout !

– Cool ! Hein Juju ?

– Non, moi c'est Julien !

La fugue 1

Papy Michel, assis sur son banc contemple son œuvre. Un vrai tableau de maître. L'aménagement de son espace de vie a pris une tournure bien sympathique. L'essentiel a été préservé et tout ce qui a été rajouté s'inscrit à merveille dans l'environnement. Un truc cloche cependant, il s'approche de la grange pour remarquer que le vieux seau a été déplacé. Aurait-il oublié de remettre l'objet-indice devant la porte après l'avoir fermée ?..

- La clochette est bien maltraitée ce matin ! J'en connais un qui doit être pressé de faire la bise à son papy...
- Papy, Papy, Papy ! Grégory a disparu !
- Allons, allons, calme-toi et raconte-moi plutôt.
- Monsieur Fournet a appelé à la maison. C'est maman qui a répondu. Grégory s'est sauvé de chez ses parents !
- Aïe ! Il ne manquait plus que cela...
- Oui, tout le monde le cherche.
- Quand s'est-il sauvé ?
- Hier soir. Son père a appelé Angélique dans la nuit pour demander si elle ne l'avait pas vu.
- Qu'est-ce qui s'est passé ?
- Son père dit qu'il s'est disputé avec sa femme comme ça arrive des fois mais pas plus... et quand ils ont voulu éteindre sa console dans sa chambre... il était très tard...

eh bien, il avait disparu !

— Et il a passé la nuit dehors. Pauvre gamin !.. La police a été prévenue ?

— Non ! Le papa doit le faire aujourd'hui...

Dis Papy, pourquoi ils l'ont pas fait avant ?

— Ils ont attendu en espérant le retrouver rapidement. Je crois savoir que les services sociaux surveillent de très près la famille de Grégory.

— Oui et alors ?

— Il va souvent chez les Fournet. Il retourne ensuite chez ses parents.

— Oui, je sais, il me l'a dit. Il m'a dit aussi qu'il en avait marre des disputes de ses parents. Tu te rends compte Papy que son père frappe sa mère, même des fois très fort !

— Eh oui P'tit Paul...

Papy Michel est très pensif. Il se lève subitement et invite Paul à le suivre jusque dans la cuisine.

— Qu'est-ce que tu fais Papy. T'as pas pris ton p'tit déjeuner ?

— Non, pas eu le temps ce matin. Tu veux quelque chose ?

— J'ai pas faim mais je veux bien une tartine avec ta confiture de fraise. Elle est très bonne. Tout le monde le dit.

— On va aller prendre ça sur la table devant la grange. J'aime bien cet endroit.

Muni de son plateau bien rempli, Papy dépose le tout sur la table.

— Dis Papy, tu crois qu'on va le retrouver Grégory ?
— Bien sûr mon bonhomme !

L'enfant fugue car il est malheureux. Il se cache toujours dans un endroit qu'il aime bien en espérant croiser des personnes qu'il apprécie beaucoup. Ça le rassure !

Qu'est-ce que tu en penses, toi ?

— Je sais pas moi !.. J'aime beaucoup Grégory et je suis triste !

Pourquoi tu parles fort Papy, tu deviens sourd ?

— Un peu peut-être ! Viens, je vais te montrer quelque chose dans la grange.

Non, laisse comme ça, on débarrassera tout à l'heure.

Papy abandonne une table bien garnie. Des tartines beurrées et recouvertes de confiture de fraise n'attendent que les gourmands reviennent les dévorer.

Accompagné de P'tit Paul, il va chercher la clé pour ouvrir la grange.

– Tu la mets toujours là Papy, la clé ?

– Oui, P'tit Paul et tous ceux que j'aime bien et en qui j'ai confiance, connaissent la cachette. C'est pour vous tous cette grange !

– Papy, parle moins fort. Je suis pas sourd , moi !

La fugue 2

Papy et P'tit Paul entrent dans la grange.

- Super la déco Papy !
- Elle n'attend que vous. Tu viens quand tu veux et surtout quand tu peux maintenant que les vacances sont finies.
- Papa et maman sont d'accord pour qu'on vienne un week-end dormir ici !
- Aucun problème mon p'tit bonhomme.

Papy s'empresse de refermer une porte de chambre restée ouverte et sort de la grange suivi par son p'tit fils.

- Papy, regarde il manque deux tartines. Je sais, je les ai comptées tout à l'heure !
- Un p'tit oiseau perdu qui est venu se servir ; pas grave !

Papy se plante devant la grange et mettant ses mains en porte-voix...

- Grégory !.. Viens nous rejoindre mon grand. On va t'aider !..
- Il est là Grégory, Papy ?

— Quel est l'oisillon qui est venu picorer sur la table, d'après toi ? Il a même bu un verre de jus d'orange. Il n'est pas loin !

— Grééggooorrryyyy !!!... C'est moi !.. C'est P'tit Paul !..

Le fugitif qui n'était guère loin, sort lentement de sa cachette derrière la bâtisse. Honteux comme s'il venait de faire une bêtise. P'tit Paul court vers lui, lui prend la main et l'entraîne vers la table où papy s'est rassis.

— Tu prends quoi Grégory ?

— Sais pas monsieur Papy !

— Tu aimes le chocolat chaud ?

— Oui m'sieur !

— Tu peux m'appeler Papy, tu l'as déjà fait et ça m'a fait vraiment plaisir.

— Oui Papy !

— Tu sais Grégory que tout le monde était triste et angoissé ?

— Ah bon ?

— Ben oui ! Je crois que beaucoup de monde t'aime mon bonhomme. Tu vas pouvoir rassurer tout ce beau monde.

Si t'as besoin d'un secrétaire, je veux bien faire la liste car elle est longue !

– Je t'avais dit que mon papy plaisantait toujours !

Dis papy, comment tu savais que Grégory était là ?

– Quelques indices ! Je connais mon jardin par cœur mais surtout, je suis fier que tu aies choisi ma grange comme refuge Grégory. Tu as bien fait !

Par contre, il ne faut pas le faire souvent car tes parents se sont inquiétés. Ils t'aiment, tu sais !

– Ah bon ?

– Oui, à leur manière. Faut pas leur en vouloir !

On va tous les aider. On va tous discuter avec eux. Même toi, tu peux le faire, à ta manière à toi.

– Tu es d'accord pour les appeler ?

– Heu !.. Sais pas !.. Je peux appeler Angélique ?

– Aucun problème ! Encore une gentille dame celle-là...

Par contre, vous m'aidez à rapporter tout ça dans la cuisine. Moi aussi, j'ai besoin d'aide. Non, mais...

Les trois complices se dirigent vers la cuisine. Papy compose le numéro et tend le combiné à Grégory qui s'en empare, hésite et se lâche :

– Allô, c'est Grégory !

P'tit Paul est fâché !

Quand la clochette annonce une arrivée et que personne ne débouche au bout de l'allée, c'est que le visiteur n'ose pas entrer. Papy se précipite et aperçoit P'tit Paul accroupi, l'esprit ailleurs. Le grand-père s'approche et s'accroupit à son tour.

— Qu'y a-t-il mon bonhomme ? Je n'aime pas te voir ainsi !

P'tit Paul se jette dans les bras de son papy et s'effondre. Michel lui caresse affectueusement le dessus de la tête en silence. Après les sanglots, les hoquets prennent le relais. Paul ne peut pas les arrêter, ça l'agace. Papy prend un brin d'herbe et l'introduit dans une narine de P'tit Paul qui éternue. Plus rien !

— Voilà, c'est fini mon bonhomme. Viens, tu vas me raconter tes malheurs.

— C'est la maîtresse, elle ne m'aime pas ! Elle dit que je suis bavard...

— Ça, c'est pas nouveau ! Elle n'est pas là pour t'aimer, tu sais. Explique-toi.

— Elle dit que je parle tout le temps et à tort et à travers, en plus ! Maman m'a dit de me maîtriser et de lever la main quand je voulais prendre la parole. J'ai fait ça hier et j'ai levé la main parce que je connaissais la réponse.

Elle m'a pas interrogé.
- Il faut laisser parler les autres aussi...
- J'étais le seul à lever la main !
- Je vois. Il faut attendre pour voir. Ça ne fait que quinze jours que vous êtes rentrés.

Le truc des cailloux ou des billes, on oublie. T'imagine une bille qui tombe de ta poche...
- T'es marrant mon papy !.. Elle est pas comme Monsieur Chotard. Il était calme et quand il levait un tout petit peu la voix, tout le monde se taisait. Et on n'avait pas peur de lui, en plus... Elle, elle crie tout le temps !

Maman va aller la voir.
- Connaissant ta mère, elle va mettre trois paires de gants et tout va rentrer dans l'ordre.
- T'es sûr Papy ?
- Oui ! On fait un pari ?
- Ouais, d'accord ! T'as toujours des idées Papy.
- Si tu perds, tu me ramasses trois rangs de haricots sans rien dire, sans un mot. C'est ma dernière récolte de l'année.
- D'accord et si c'est toi qui perds ?
- Eh bien, c'est moi qui les ramasse.
- Non, suis pas d'accord ! Je gagne rien, moi !
- Si, je t'épargne de la fatigue d'être plié en deux.
- D'accord mais avec un petit cadeau ?

– Pas de problème mais ce sera une surprise...

– J'adore les surprises !

Dis Papy, ça veut dire quoi "vieille fille" ?

– Une personne qui ne s'est jamais mariée, qui a vécu toute seule et qui n'a pas eu d'enfant, Il ne faut pas confondre avec célibataire.

– C'est quoi la différence, Papy ?

– Célibataire, c'est quand on est plus jeune, en principe. Qualifier une femme de "vieille fille", ce n'est pas très gentil ! Je connais des dames qui sont restées célibataires et sans avoir eu d'enfant, qui sont charmantes.

Tiens, ces maîtresses d'école comme on disait. Elles se consacraient à cent pour cent à leur travail. Elles faisaient tout pour aider les élèves. Elles étaient restées célibataires ou vieilles filles.

Maintenant, c'est un peu pour dire, qu'en plus, elles ont un sale caractère.

– Pour Madame Gommier, ça doit être une ... "vieille fille" !

– C'est qui Madame Gommier, P'tit Paul ?

– Ben, la maîtresse !

Juju se rebiffe !

— Tiens, bonjour mon Julien, ça fait un bail !

— Désolé Papy mais, les copains, le collège, les devoirs à faire, j'ai plus beaucoup de temps !

— Pas grave mon grand. Tu viens quand tu veux ! Tu sais où j'habite. S'il y a de la lumière, tu pousses le portail. Aucun problème !

— Je venais te proposer de ramasser tes haricots. J'aime pas trop ça mais bon...

— C'est pourtant bon les haricots, tu sais.

— Non mais je sais, c'est les ramasser... C'est pénible !

— Je te comprends, je fais ça tous les jours !

Si tu me disais plutôt ce qui t'amène au lieu de tourner autour du pot.

— J'ai un problème Papy !

— Ah ? Et tu veux en parler ?

— Non, un problème de maths ! Il faut que j'aille sur un ordi pour faire mon problème. Il faut télécharger un petit logiciel. On s'en sert en techno et en maths.

— Pas de problème Julien. Mais vous avez plusieurs ordis chez vous !

— Oui, trois !

— C'est le confort.

— Non Papy. Celui de Papa, on ne peut pas y toucher. Il

est réservé pour son entreprise et de toute façon, il n'est pas là. Le deuxième, maman le réserve en ce moment pour monter un dossier et le dernier, on le partage avec Paul.

- Ben, il est où le problème ?
- Paul l'utilise, c'est son créneau et moi, toujours le dernier, je ne peux pas en avoir un !
- Tu ne pouvais pas négocier avec P'tit Paul ?
- J'ai essayé et il s'est fâché. Il est pas facile en ce moment ! Il a des problèmes avec sa maîtresse.
- Je sais !.. Mon pauvre Julien. Je me rends compte que tu fais d'énormes efforts. Tu prends sur toi ! Un peu trop peut-être...

  Allez, on se met où ? Cuisine, extérieur ou grange ?

  T'as vu le luxe !
- J'aime bien la grange Papy.
- Installe-toi, j'arrive.

Papy va chercher son portable. Au passage, il prend deux verres, le jus d'orange et la boîte de gâteaux.

- Je te laisse faire ; tu es certainement plus doué que moi !
- C'est drôlement rapide, t'as un bon débit ici...
- J'ai fait le nécessaire dans ma … ludothèque !

« Apprendre à coder, coder pour apprendre », tout un programme ton logiciel !
- Justement Papy, c'est un programme qu'il faut réaliser.
- Moi, je suis dépassé par tant de nouveautés.

Julien résout son problème. Papy est admiratif. C'est vrai que Julien passe un peu inaperçu. P'tit Paul absorbe tout ; il est si demandeur !

- Merci Papy ! Tout est OK !
- Comment se passe ton début d'année Julien ?
- Au poil Papy ! J'arrive à voir les potes et à bosser.
- Tu réussis bien et tu as toujours eu les félicitations, je crois.
- Non, un seul accident, l'année dernière. Personne ne l'a remarqué comme personne ne remarque quand je fais des efforts, quand je réussis !
- Faut pas dire ça mon Julien !..
- Si Papy. Il n'y en a que pour Paul ! Je ne fais pas de vagues, tout va bien ! Personne s'inquiète.

  Il faudrait que j'en fasse un peu pour voir...
- Ça me fait mal de t'entendre dire ça Julien... Je pense... que finalement,.. tu as raison ! Tu grandis en douceur. T'es un sacré bonhomme mon Julien !

  Quand les filles vont s'en rendre compte,..

– Justement, j'ai reçu une lettre de ma copine de vacances. Elle me dit que je lui manque.
– Qu'est-ce que je te disais ! On dirait moi, plus jeune !..
– Papy, on s'écoute un disque ? J'aime beaucoup ce moment.
– Bien sûr mon grand ! Je ne sais pas ce que je vais trouver mais on va aller voir.

Les deux se dirigent vers l'entrée. Dans le salon, Julien prend la même place que la dernière fois. Papy fouille dans ses CD puis subitement, lève le pouce en signe de victoire.

"Si c'est vrai qu'il y a des gens qui s'aiment

Si les enfants sont tous les mêmes

Alors il faudra leur dire

C'est comme des parfums qu'on respire

Juste un regard

Facile à faire

Un peu plus d'amour que d'ordinaire"

« Il Faudra Leur Dire » - Francis Cabrel

La fin des haricots !

La clochette qui chante, une course sur un gravier mélomane, des cris de joie qui mettent du baume au cœur. Une belle journée en perspective! Le sourire de Papy, parti rendre visite à une Mamie omniprésente dans ses pensées, illumine à nouveau ce visage de sage.

- Bonjour mes grands, suis ravi de vous voir aussi joyeux, ensemble de surcroît !
- Que des bonnes nouvelles Papy !
- Ah bon, tu oublies que tu as perdu ton pari avec Papy.
- Pas grave Julien, suis content quand même !
- Si on m'expliquait...
- Tu sais que maman est allée voir ma maîtresse.
- Oui bien sûr et j'attendais un verdict qui a pris tout son temps ! Les haricots ne pouvaient plus attendre, eux... C'était la fin des haricots !

  Alors cet entretien ?
- Maman va venir te voir pour t'en parler je crois. Tout ce que je sais, c'est qu'elle est contente de moi, de mon travail. Elle a dit à maman qu'au début, je lui faisais peur.
- Ce qu'il veut dire Papy, c'est qu'elle n'aime pas trop les enfants qui parlent tout le temps. Elle pense toujours qu'ils vont perturber la classe.

— Tu étais à l'entretien Julien ?

— Non, c'est maman qui nous l'a dit à tous les deux ensemble, en même temps. Elle a dit que ça m'intéressait aussi !

— Décidément, elle est géniale votre maman !

Donc, P'tit Paul, tu as perdu !

— Oui mais tu as ramassé les trois rangs. Comment on fait maintenant ?

— J'ai une idée, moi !

— Alors vas-y mon Julien. Tu es d'accord Paul ?

— Heu... oui !

— J'avais décidé de venir aider Paul à ramasser ces fameux haricots. On a discuté ensemble. Il était tellement malheureux avant que maman aille voir la maîtresse que j'ai proposé de l'aider.

— Te rends-tu compte P'tit Paul que Julien accepte de ne pas voir ses copains pour te donner un coup de main.

— Oui, je l'ai remercié. Je lui ai même donné un paquet de bonbons.

— Un marché Julien ?

— Non Papy ! Il me l'a proposé... Il m'a même mis sous mon oreiller un paquet dans lequel il restait trois petits caramels. J'ai accepté car c'était sympa !

— Super ! Je suis fier de mes p'tits fils moi ! Alors ?

— Bon !.. Paul, tu as perdu et toi Papy, tu as gagné. Donc,

le perdant doit donner quelque chose au gagnant...
- En résumé, c'est ça !..

  Tu as vraiment une idée Julien ou tu es en train de la chercher ?
- Tu as raison Papy, je la cherche... J'ai une idée !
- Encore une ?
- Non, c'est la même... Je vais t'imiter Papy.
- Pas de problème, on se mettra d'accord sur les droits d'auteur, ensuite !
- Voilà ! P'tit Paul, qu'est-ce que tu aurais envie d'offrir à Papy, là, maintenant ?
- Sais pas moi !.. Un bisou ?

Julien et Papy se regardent en secouant la tête de connivence... Ils ne s'attendaient pas du tout à ça ! Sacré P'tit Paul. Souvent déconcertant ce p'tit bonhomme. Inconscience ou génie ?

Papy accepte la sentence et tend les bras. P'tit Paul se précipite pour se blottir entre les bras de son grand père. En regardant Julien ému par cette scène, il invite son grand à rejoindre son frère. Un p'tit moment d'hésitation et délaissant son costume d'adolescent révolté, Julien s'approche et essaie d'embrasser son Papy et son p'tit frère.

- Tu as grandi Julien. Tu deviens fort. Tu vas bientôt pouvoir nous prendre dans tes bras les deux ensemble.

Julien sourit et tourne la tête pour cacher une larme qui coule sur sa joue...

Papy la tendresse

La clochette s'exprime sous une douce caresse quand le portail est poussé, puis par un carillon léger une fois que la personne est entrée. Papy reconnaît aisément l'identité de son visiteur.

- Bonjour Papy Michel. Comment allez-vous ?
- Si un souci hantait mon esprit, il vient de s'envoler Hélène. Toujours ravi de vous voir ici !
- On se voit régulièrement le samedi soir tout de même !
- Oui mais ici, dans mon jardin, les autres fleurs, honteuses, baissent la tête !
- Mais non, c'est la saison qui veut ça... Toujours flatteur Papy !

   Je voulais vous voir sérieusement. J'ai besoin de faire le point avec vous.
- Vous m'inquiétez !
- Non, il ne faut pas. Je m'inquiète un peu pour Paul. J'ai rencontré Mme Gommier, sa maîtresse. Il fallait le faire car mon petit bout de chou était très mal. Ce n'est pas son genre, lui qui est toujours positif et enjoué.
- Je le sais Hélène. Paul m'en a parlé puis Julien m'a fait son résumé de l'entretien.

   Je ne veux pas vous contredire mais je pense que Paul ne va pas si mal. En tout cas, il le verbalise. Peut-être un peu trop, au goût de certains. Je m'inquiète plus pour

Julien, voyez-vous. Je ne fais pas de favoritisme. Vous connaissez mon attachement à mes deux p'tits fils.

- Je vais vous surprendre mais je faisais le constat identique même si le comportement de Paul est à suivre de près. Il parle beaucoup, une agitation permanente.
- L'attitude de Paul mérite une réflexion car il faut se méfier de cette période de sept à dix ans. L'enfant fait moins de vagues mais ces quelques années peuvent étouffer un mal-être latent. On a encore oublié Julien !
- C'est vrai car sa crise d'adolescence ne fait pas trop de vagues pour utiliser vos mots Papy. Je reste vigilante, je vous l'assure !
- J'en suis persuadé Hélène. Je crois qu'être vigilant ne doit pas nous mettre la pression. Je viens de vous le dire, Paul ne va pas si mal. Il faut cependant le cadrer en mettant en place avec lui des contrats pour qu'il gagne en autonomie.
- Je sais Papy, je suis trop avec lui. C'est vrai qu'il est le dernier et donc un peu plus chouchouté que Julien. J'en suis consciente mais il est tellement demandeur !
- Julien aussi mais il l'a montré différemment et maintenant avec sa période d'adolescent, il demande paradoxalement plus d'autonomie mais plus de reconnaissance de la part de ses parents. Cette période est pleine de contradictions : son émotivité et son impulsivité, mais aussi une dépendance affective à votre égard et la volonté de s'en émanciper. Les ados n'apportent pas tous la même réponse face à ces préoccupations.

– Merci Papy !

Spontanément et de manière inhabituelle, Hélène s'approche de Papy qui la prend dans ses bras. Hélène n'a plus ses parents depuis longtemps. Ce geste compréhensif est une demande d'affection paternelle bien compréhensible.

Papy reste le seul représentant de cette génération. C'est la raison pour laquelle il est devenu le sage.

- Hélène, vous avez deux enfants formidables. Il faut les encadrer et continuer à les aimer comme vous le faites si bien tous les deux, chacun à votre manière.
- Je ne sais plus si je suis venue vous parler des mes deux amours ou chercher un peu de tendresse...
- Les deux ma belle ! Et... avec Antoine, ça va ? Vous pouvez me répondre que ça ne me regarde pas !
- Il y a beaucoup d'amour entre nous deux. Une confiance totale mais il est si souvent absent !

  C'est comme avant avec un léger mieux depuis les vacances. C'est un passionné, vous le savez. Il s'investit à fond et il a pris un fantôme comme associé.
- À moins qu'il ne lui laisse pas la place !... C'est qu'il faut pouvoir le suivre...
- Ah, j'oubliais... on n'a pas parlé de l'anniversaire de Paul. Il veut le fêter ici avec ses copains et à la maison en famille !
- C'est ce qu'on appelle la stéréo.

Aucun problème, vous pensez bien. Vous êtes chez vous ici mes enfants !

Hélène repart avec un large sourire, rassurée, réconfortée et surtout écoutée !

Préparatifs

- Bonjour mon Papy !
- Je ne t'ai pas entendu arriver...
- C'est normal Papy, je t'ai fait une blague. J'ai coincé la clochette pour qu'elle fasse pas de bruit !
- C'est vrai que quand on est coincé, on ne s'exprime que très rarement !
- Bon, on a du pain sur la planche Papy.
- Tiens, tu connais cette expression ?..
- Ben oui, je l'ai lue dans un livre. Je lis beaucoup tu sais. Ça veut dire qu'on a beaucoup de boulot aujourd'hui pour mon anniversaire.
- Une petite parenthèse : à la fin du XIXe siècle, cela signifiait que l'on avait assez de réserves pour affronter les jours à venir. Les paysans préparaient de grandes quantités de pain qu'ils conservaient sur une planche de bois. De nos jours, le sens de cette expression a changé comme tu le dis si bien.
- Papy, il faut qu'on organise mon anniv' de samedi.
- As-tu une idée ? Que voudrais-tu faire ici ?
- J'ai été à un anniv' il y a deux semaines. C'était super ! Je veux que ça soit encore plus que super.
- Après "super", il y a "hyper" et puis, moi personnellement, j'aurais dit : "je suis allé à un anniversaire" mais bon. Michel, t'es plus dans le coup !

Tiens, ça me rappelle une chanson !

– Bon Papy !.. Alors, qu'est-ce qu'on fait ?

– C'était comment cet anniv' ? Faut que je m'y fasse !

– Il y avait plein de jeux dans une grande cour. Un peu comme à la fête des écoles en fin d'année !

– Je vois ! J'ai déjà donné mais pourquoi pas. Il y a de la place ici !

– Là bas aussi mais il y a des stands que j'ai pas faits ! Je savais pas qu'il y en avait autant !

– Donc, il faut une organisation, un jeu qui vous oriente vers ces « ateliers ». J'ai une idée !

– Alors vas-y Papy ! C'est quoi ton idée ?

– Oui mais je la vends mon idée.

– Arrête de plaisanter Papy. C'est sérieux, c'est mon anniv' !

– Tu as raison. On peut prévoir plusieurs ateliers éparpillés dans le jardin et la grange. Dans chaque atelier, il faudrait réaliser une performance avant de continuer...

– Un peu comme une chasse au trésor avec des messages. C'est chouette ça Papy !

– J'avais pensé à une autre articulation des différents jeux...

– Une articulation ? Comprends pas Papy !

– Oui une organisation. Comment aller d'une activité à

une autre. Un jeu de l'oie, par exemple.

– C'est un vieux jeu ça Papy !

– Oui, mais revu aux goûts du jour. Tu lances les dés. Tu te déplaces sur le parcours et tu arrives sur une case de couleur. Chaque couleur correspond à une activité. Tu dois aller vers cette activité ou cet atelier.

– D'accord, on fait ça Papy. On garde la prison, le puits et toutes ces vieilles cases ?

– Bien sûr ! Fais-moi confiance. On va les adapter. Il faut trouver six à huit ateliers et le reste, je m'en occupe. Le jeu compte soixante-trois cases dont certaines cases spéciales : l'hôtel, le puits, le labyrinthe, la prison, l'arrivée et les cases de l'oie.

– Le "chamboul'tout",.. la pêche à la ligne,.. un puzzle,.. des devinettes,..

– Retrouver des objets,.. localiser une photo,..

– Reconnaître des bruits ou des objets dans un sac sans les voir.

– J'ai de quoi faire avec tout ça ! Tu as pensé à tes invitations ?

– Oui mais,.. j'ai deux copains que je veux inviter mais ils ne s'entendent pas !

– Aïe ! C'est peut-être l'occasion. Tu penses à qui ?

– Grégory mais il est chez ses parents. Il dit que ça va être difficile.

– Et l'autre ?

- Sébastien !
- Le fils du monsieur qui avait monté tout le quartier contre les parents de Grégory ?
- Ben oui !
- Tu ne fais pas dans la facilité P'tit Paul !..
  Je relève le challenge avec toi. On va leur montrer à tous ceux qui nous empêchent de tourner en rond !
- Un autre problème Papy...
- Vas-y, suis blindé !
- Il n'y a pas d'ordi disponible à la maison demain pour faire mes invitations à donner lundi à l'école.
- C'est simple mon p'tit bonhomme. Si Julien se sert de l'ordi parce que c'est son créneau, tu viens ici et on les fera ensemble. Si Julien vient demain car il vient souvent le dimanche, tu utiliseras l'ordinateur chez toi. Aucun problème !
- Merci Papy, à demain !

P'tit Paul part en courant. Il en oublie de faire la bise à son papy. Apparemment, il a résolu le problème tout seul.

Papy Michel est déjà parti dans ses pensées d'organisation de cet événement. Belle illustration de l'expression "Avoir du pain sur la planche" !

Ambiance de travail

La clochette semble ravie d'accueillir les deux gamins chantant sous la pluie. L'allée gravillonnée est vite avalée. Papy leur fait signe de la grange.

- Venez à l'abri mes gamins. Il en fait un temps !
- On avait nos cirés Papy. On n'est pas mouillé là-dessous, hein Paul ?
- Non, c'est marrant quand il pleut fort et qu'on est à l'abri !
- Une façon de voir les choses. Au fait, l'ordinateur est en panne ?
- Non Papy mais Paul devait faire ses invitations et tout seul, c'est pas facile et moi, j'ai besoin d'aide pour mon problème de maths.
- C'est vrai que vos parents se sont absentés cet après-midi. Allez, on s'installe !
- Papy, tu as commencé mon jeu de l'oie sur ton ordi ? Mais, c'est ma photo dans les cases !
- Oui P'tit Paul. Dans les cases de l'oie, j'ai pensé à y incorporer ta photo en lieu et place d'une oie que je ne connais pas. Un support de jeu personnalisé que tu pourras garder en souvenir.

P'tit Paul se jette au cou de son papy. Pourtant habitué à ces manifestations d'affection, Papy Michel est très ému. Il remarque cependant le sourire un peu coincé de son Julien. Il s'approche de lui et le prend par les épaules.

- — À la moindre occasion Julien, tu auras droit, toi aussi, à ce type d'investissement de ma part. Ce sera autre chose, en harmonie avec ton âge.
- — Je sais Papy. Tu l'as déjà fait. Ma boum était super. On m'en parle encore.
- — Allez au boulot !
- — Tu es vraiment bloqué Julien ou tu peux avancer un peu dans ton problème... de maths, le temps que je lance la rédaction du texte à taper avec P'tit Paul.
- — Pas de problème, ce n'est que pour la dernière question que j'aurais peut-être besoin d'aide...

Papy sourit en secouant la tête. Une saine ambiance de travail dans la sérénité et le plaisir d'être ensemble règne dans cette grange devenue un espace polyvalent. Les trois ont tout fait implicitement pour se retrouver dans cette situation.

L'invitation pour l'anniv' prend forme sur l'écran de l'ordinateur.

- — Papy, tu peux venir voir ? Je crois que j'ai réussi...
- — J'arrive Julien !.. C'est correct pour les trois premières

questions. Elle est où cette dernière question ?
- C'était la troisième Papy !
- Tu peux venir voir Papy ? J'ai fini !
- Papy, je peux aller aider Paul ?
- OK, moi, je vais aller nous chercher une collation.
- Encore un mot que je ne connais pas !
- Explique-lui Julien, je reviens

Papy Michel est si heureux, qu'il affronte la pluie sans sourciller. Il profite d'une accalmie pour revenir avec son éternel plateau. Il installe tout ce petit monde dans le petit coin salon dans sa "salle polyvalente". Sans rien dire, il insère un CD dans le lecteur.

"Il est où le bonheur, il est où?
Il est où?
Il est où le bonheur, il est où?
Il est où?"

"Il est où le bonheur" - Christophe Maé

La visite

La clochette annonce une visite. Quelques minutes se sont écoulées et toujours pas de visiteur à l'horizon. Papy inquiet s'avance vers l'allée qui mène au portail et découvre un individu errant dans le jardinet devant la maison.

- Bonjour Monsieur, vous cherchez quelque chose ?
- Ben oui, je cherchais l'entrée. Je suis le père de Grégory.
- Enchanté, moi c'est Papy Michel.
- Grégory nous fait une comédie pour samedi. C'est l'anniversaire de... comment y m'a dit ?.. Ah oui P'tit Paul ! C'est que nous, on a le gamin que le week-end et s'il faut l'amener ici, c'est pas facile .
- Attendez, on va aller tranquillement s'asseoir pour en discuter. Vous voyez, il fallait tout simplement prendre le chemin gravillonné jusqu'au jardin derrière la maison.
- Je savais pas m'sieur.
- Pas grave ! Un café, ça vous dit ?
- Oh oui, bien serré alors.

Papy laisse le papa de Grégory seul un court instant. Quand il revient avec son plateau, le bonhomme furète autour de la grange.

- Puisque vous êtes arrivé jusqu'ici, on va se mettre sur cette table.
- Faut pas mal le prendre, je tiens pas en place moi. Faut que je bouge !

    Vous avez aménagé une grange, c'est du bon boulot ! J'ai déjà travaillé dans le bâtiment, je sais reconnaître quand c'est bien fait.
- Et vous n'avez pas vu l'intérieur. C'est votre métier ?
- Non, toujours des petits boulots à droite et à gauche. Quand j'en trouve !.. Je vais pas vous cacher que j'ai fait de la prison. Tout le quartier ici le sait et pour trouver du boulot, c'est pas facile.
- C'est vrai que je le sais aussi. L'essentiel, c'est de rebondir !
- Facile à dire ! Maintenant, je me dis, je fais tout pour mon gamin. J'ai fait des conneries, ça suffit !
- Belle résolution ! Alors pour Grégory, enfin pour l'anniversaire de Paul ?

Le père de Grégory met les mains dans les poches, marche jusqu'à la grange, revient pour repartir aussitôt. Un vrai fauve dans une cage ! Il s'arrête, allume une cigarette et repart dans ses allées et venues. Il semble embarrassé...

– Si vous mesurez le terrain, ne vous fatiguez pas, je l'ai déjà fait. Je connais mon jardin par cœur !

Il regarde alors Papy et sourit puis comme s'il venait de conclure une grosse affaire, tend la main à Papy :

– C'est d'accord ! Faut que je raconte ça à la bourgeoise mais c'est bon ! Je vais m'arranger.
– Je pense que Grégory veut vraiment venir comme tous les autres copains de Paul. Vous savez qu'ils s'entendent bien ces deux gamins.
– Oui je sais ! Il est déjà venu ici, il me l'a dit. Il voulait savoir comment c'était un papy. Il vous aime beaucoup et moi, je vous fais confiance. J'ai pris l'habitude de me faire une idée sur un mec en une fraction de seconde... Vous, vous tenez la route !
– Merci du compliment. Je suis vraiment content pour votre fils. Vous semblez tenir le bon bout. Je suis persuadé que tout va s'arranger.

  Vous venez quand vous voulez. Moi, j'aime bien discuter.

  Au fait, quelques salades, ça vous intéresse ?
– Oui, mais faut pas Papy Michel !
– Voilà,.. j'adore ces familiarités ! Ça prouve que vous vous sentez bien ici...

Papy, sentant qu'il peut le faire, met la main amicalement sur l'épaule de ce petit bonhomme, tout gringalet, couvert de tatouages de la tête aux pieds. Le visage du père de Grégory très ému, se détend et un sourire teinté d'admiration et d'émotion vient illuminer un regard jusqu'alors froid et noir.

Ça déménage !

La clochette n'a jamais été autant maltraitée. Elle se plaint et Papy court à son secours.

- Bonjour, on se connaît ! Vous me remettez ?
- Oui très bien, vous êtes le deuxième adjoint au maire et le père de Sébastien.
- Entrez, je n'ai jamais mordu personne !
- Votre légendaire humour Monsieur Girard. Je pense que vous n'en avez pas besoin. Votre réputation n'est plus à faire mon cher ami.
- Que de politesses ! Si on parlait de ce qui vous amène mon cher. Allez, une fois n'est pas coutume, je vous offre un café. Un café de prolétaire ne vous dérange pas ?
- Toujours cette amertume à mon égard Monsieur Girard ! J'accepte bien volontiers.

Il est rare de voir Papy Michel dans cet état mais un différend a longtemps opposé ces deux hommes. Notre sage sait très bien qu'il se doit de rester ferme face à ce monsieur.

- Bravo, bel agencement que vous avez réalisé là ! Vous avez aménagé la grange apparemment...
- Aucun problème ! Tout a été déclaré en mairie. Vous le

disiez vous-même tout à l'heure, ma réputation me précède. Vous devriez donc savoir que je suis ... réglo !

– Je sais, je sais !.. Bien !.. Sébastien a été invité par votre petit-fils Paul. Personnellement, je n'y vois aucun inconvénient !

– Un bémol je suppose pour justifier votre venue.

– Oui, les parents de Paul sont des personnes honorables mais je me suis laissé dire qu'un certain Grégory serait présent...

– Oui !..

– Connaissez-vous ses parents ?

– Oui, son père est venu se présenter comme le faites là, en ce moment !

– Ne tournons pas autour du pot, vous savez comme moi que ce monsieur sort de prison et que sa femme aurait dû y entrer !

– Vous êtes le seul à tourner autour du pot ! Personnellement, ça ne me regarde pas et l'identité de ses parents m'importe peu. Paul a invité un gamin qu'il apprécie. J'ai pour habitude d'aider mes enfants et petits-enfants et non de leur mettre des bâtons dans les roues. Quand je ne suis pas de leur avis, je le leur dis tout simplement !

– Ne vous fâchez pas Monsieur Girard. Je suis venu en ami !

– J'en suis alors ravi !

Nous allons donc réfléchir comme des personnes

responsables et honnêtes. Êtes-vous d'accord ?
- Bien évidemment !
- Sébastien a-t-il envie de venir à l'anniversaire de Paul ?
- Heu... oui, je crois !
- Bien, avez-vous envie de faire plaisir à votre fils ?
- Ben oui !
- Est-il puni actuellement ? A-t-il fait de graves bêtises dernièrement, ce qui expliquerait une privation quelconque ?
- Ben non !
- Où voyez-vous le problème ?
- Je ne sais pas,.. j'ai peur...
- Vous connaissez le synonyme de "peur" ?
- Je vous vois venir... je ne suis pas ainsi !

Papy se lève, approche sa grande carcasse de ce monsieur qui se fait de plus en plus petit... et lui tend la main !

- Alors, je retire ce que j'ai dit et je suis heureux de constater que vous n'êtes pas hanté par ces craintes souvent injustifiées !
- Vous allez vite...
- Je sais et je vais même vous surprendre. Vous aimez les surprises ?

- Oui, si elles sont agréables...
- Celle-là l'est et vous allez m'en dire des nouvelles !
- Je vous invite samedi après-midi. Vous serez aux premières loges pour vous faire une idée réaliste de ce moment de joie que des enfants innocents vont partager.

  Je vais chercher le café et je vous laisse réfléchir !

Papy éclate de rire en refermant derrière lui la porte de la cuisine. Il pourrait être un bon acteur. Il sifflote en déposant les cafés et une soucoupe avec quelques gâteaux. Non, ce monsieur n'aura pas droit à la boîte de Mamie.

- Voilà un café bien noir et quelques gâteaux secs pour fêter l'événement.
- Vous devriez faire de la politique Monsieur Girard !
- Oh que non mon ami. Je ne pourrais plus estimer les choses à leur juste valeur ! Alors, le verdict ?
- J'accepte votre invitation. Je viendrai avec Sébastien.

  Mais attention, au moindre dérapage, on s'en ira !
- Il n'y aura pas de dérapage, je n'accepte aucun engin motorisé dans mon jardin. On le laisse dehors, avec ses problèmes personnels. C'est le seul moyen pour passer un bon moment.

  Combien de sucres ?

Joyeux anniv' 1

Trop bruyante avec les gamins qui arrivent et les parents qui repartent, Papy a décroché la clochette du portail pour la déposer sur un des piliers du portail. Elle voit passer beaucoup de monde mais ne peut s'exprimer comme elle le fait habituellement.

Papy est à l'entrée pour accueillir les invités. Hélène prend le relais dans le jardin et oriente les participants vers la grange où Julien et Paul montent la garde. Papy a déposé le support du jeu de l'oie. Tout le monde est en admiration devant ce jeu personnalisé. Paul ne quitte pas la table et ne manque pas de signaler que sa photo figure dans le jeu.

Sébastien arrive flanqué de son père qui s'empresse de signaler à Papy qu'il ne pourra pas rester.

— Je suis vraiment désolé. Je me faisais un plaisir d'être parmi vous mais vous savez quand on a des responsabilités, vous comprenez...

— Je comprends aisément. L'essentiel est que votre fils soit là ! Je vous fais signe au moindre problème. Sait-on jamais...

— Ah ! Un rayon de soleil dans mon jardin. Tu es Louise ?

— Oui Monsieur Papy.

— Tu enlèves le « monsieur ». Tu peux m'appeler Papy, si tu le veux bien. Prends l'allée jusqu'au jardin. Là, une charmante dame t'expliquera tout ! Je suis ravi que tu sois là Louise...

— Bonjour Papy Michel ! Comme promis, j'ai amené Grégory. Ça a pas été simple mais c'est moi qui porte le pantalon jusqu'à nouvel ordre.

— Ah ! C'est toi P'tit Paul ? Grégory m'a beaucoup parlé de toi. Il est chouette ton jeu de l'oie. Tu l'as fait faire, ça doit coûter bonbon !

— Non, c'est Papy qui l'a fait avec l'ordi. Après il a imprimé en grand sur du bristol, je l'ai aidé à plastifier les pages et on l'a assemblé. Et voilà !

— Papa, tu m'en feras un pour mon anniv' ?

— Faut déjà qu'on achète un ordi correct. Greg ! On vient d'acheter la console. Faut attendre un peu !

— Tiens voilà Papy Michel qui revient. Tout le monde est là, je vais vous laisser, moi !

— Vous pouvez rester si vous le voulez. On aura besoin d'aide.

— C'est pas de refus... merci !

Papy rassemble tous les gamins, les remercie d'être venus et explique les règles du jeu.

— Suivez-moi, on fait le tour de tous les ateliers...

L'espace devant la grange se vide rapidement. Il ne reste plus que deux personnes. Le père de Grégory s'approche d'Hélène.

- Bonjour, vous êtes la maman de Paul ?
- Oui, et vous le père de Grégory. Ils s'entendent bien nos deux enfants. C'est plaisant de les voir ensemble : une belle complicité !
- C'est vrai ! Je ne vous remercierai jamais assez. Ça fait chaud au cœur ! Les gens nous évitent. C'est pas facile pour le p'tit !
- Je suis persuadée que ça va s'arranger. Vous semblez prendre les choses en main et apporter tellement à Grégory. Il est devenu si souriant !
- Ça fait vraiment du bien. J'ai pas connu tout ça moi ! Et ce Papy avec toute la marmaille autour. Ça rigole... J'ai envie de pleurer moi ! Si les copains me voyaient, y me traiteraient de femmelette !

Tout le monde revient à la table et les premiers dés sont lancés. Les enfants se dirigent vers les ateliers. Le papa de Grégory observe le support du jeu avec admiration. Papy arrive en trottinant.

- On a besoin d'un coup de main. Il nous manque une personne pour assurer deux ateliers mais ils sont côte à côte.
- Pas de problème Papy Michel.
- Vous avez vu le banc de pierre ?
- Oui, on ne voit que ça. Il est bien beau. Tailleur de pierres, j'ai jamais fait !

– Eh bien, j'y ai mis deux ateliers qui se ressemblent un peu. La case 31, c'est le « puits » : celui qui est tombé dedans doit réaliser un puzzle puis recommencer la partie. Il repart à zéro.

– C'est la faute à pas d'chance !

– Oui et l'autre atelier, c'est la case 52... oh zut !.. suis désolé !

– Alors la case 52 ?.. Merde, c'est la « prison » !

Pas grave Papy, on rigole. Alors qu'est-ce qui font les gamins... quand y... sont en... prison ? Arrêtez... Papy,.. vous me faites rire !

Voilà que je pleure maintenant !

– Quand ils sont en prison...

– Sont trop jeunes pour aller en prison !

– Voilà que... c'est moi... qui pleure... de rire maintenant !

Qu'est-ce qu'on peut bien faire en prison ?

– On peut regarder la télé Papy !

– Bon, celui qui se retrouve en prison, va dans le salon regarder la télé en attendant qu'on autre vienne le remplacer.

– Ça lui apprendra !

Les deux bonhommes se tiennent les côtes, ils n'en peuvent plus !

Joyeux anniv' 2

– Pourquoi vous rigolez comme ça ? Papy, je gère plus. Ça bouchonne là-bas !
– OK Julien. J'allume la télé pour la prison et j'arrive.
– Qu'est-ce que tu racontes Papy ? T'as pas bu quand même ?
– Non, ton grand-père et moi, on a bien rigolé. C'est tout ! Je te laisse, y'a un joueur qui arrive. Il est peut-être tombé dans le puits ?..
– Bonne chance, c'est Sébastien !
– Bonjour gamin ! Qu'est-ce qui t'arrive ? Montre-moi ta carte. Oh malheureux !.. La prison !..
– C'est quoi la punition Monsieur ?
– Eh bien, tu vas aller regarder la télé en attendant qu'un autre prenne ta place !
– Ah ben, c'est cool la prison, alors! On peut regarder la télé toute la journée. On n'a pas besoin de travailler !
– Ah non mon p'tit gars ! Là, c'est pour le jeu. En vrai, la prison, c'est pas ça ! Assieds-toi, je vais t'expliquer.

Avec ses mots à lui, en faisant un gros effort pour s'exprimer, ce bonhomme raconte en démontant les préjugés sur cette parenthèse dramatique. Une voix, celle de Papy qui vient de s'emparer du micro pour informer tout le monde que les jeux sont provisoirement interrompus pour le goûter.

— Papa ! Super ! T'es là !.. Papy, regarde Papa est venu.

— Oui mon Paul ! J'ai abrégé une réunion qui tournait en rond. Je leur ai dit que j'avais quelque chose de bien plus important à faire et me voilà !

— Suis fier de toi mon fils. Regarde la joie de P'tit Paul. Que du bonheur ! Regarde et déguste...

— C'est qui le monsieur, là, avec le petit gamin ?

— Le p'tit gamin, c'est Grégory et le monsieur, c'est son père !

— Je croyais que...

— Peut-être mais ils ont le droit de vouloir tourner une page mal écrite avec plein de fautes, d'erreurs, de ratures. Il faut les aider pour la rédaction de cette nouvelle page ! Si on peut y insérer quelques illustrations, je suis partant !

Bon, on reprend le jeu. J'ai peur qu'on ne puisse pas le finir.

Tous les participants repartent dans tous les sens telle une volée de moineaux. Sébastien boude un peu la télé... Il se rapproche du père de Grégory. Il semble avoir apprécié ce petit moment raconté probablement avec un langage peu élaboré mais tellement vrai.

— Faut jamais aller sur ce chemin gamin. On y laisse des plumes !

– Tiens, voilà Grégory !
– Sébastien, t'es libéré. Je te remplace !
– Merci Greg !
– Qu'est-ce que tu préfères, regarder la télé ou discuter avec ton père ?
– Je reste avec toi ! Tu parlais de quoi avec Sébastien ?
– De la vraie vie mon bonhomme...

Grégory se blottit contre son père qui s'est assis sur le banc de pierre. Un long moment de silence...

– Papa, je veux qu'on fasse une petite fête pour mon anniversaire.
– On fera avec les moyens du bord. C'est promis, tu l'auras ta fête !
– Tiens le papa de Paul !..
– Je ne vous ai pas salué ! Je peux vous remplacer si vous voulez bouger un peu.
– C'est gentil ! Je vais aller voir si y a pas quelque chose à boire et je reviens. Tu viens avec moi gamin ?
– Je peux pas, je suis en prison !
– Ah, c'est vrai !..
– Comment ça va Grégory ?
– Bien monsieur. C'est à cause de P'tit Paul et de Louise...

du maître aussi... d'Angélique aussi !..

— Ça fait du monde... Tu voulais dire : "c'est grâce" à Paul et les autres...

— Non, moi je l'appelle P'tit Paul. Il est drôlement sympa votre fils et puis il a de la chance que son Papy, il lui a fabriqué un jeu rien que pour lui, avec sa photo dessus !

Les enceintes diffusent une musique et Papy prend la parole :

— Amis joueurs bonsoir ! Je vous informe que notre sympathique jeu est terminé. Rendez-vous à la table de jeu pour la remise des prix !

Les moineaux reviennent s'agglutiner autour de ce superbe support décoré pour l'occasion. Les lots sont rapidement distribués. Les participants sont ravis surtout Grégory qui ne se lasse pas de lire et relire le petit papier glissé dans une enveloppe sur lequel est inscrit :

[BON CADEAU

Un support de jeu de l'oie

personnalisé

"Spécial Anniversaire"]

Les parents fidèles au rendez-vous affluent pour récupérer leurs enfants heureux.

— Alors Sébastien, Il n'y a pas eu de problème ?

– Non Papa, c'était super ! Je veux une fête comme celle-là pour mon anniversaire !

Tu sais que je suis allé en prison et c'est le père de Grégory qui m'a gardé !

– Comment ?

– C'était pour le jeu, je te raconterai !

En famille

Régulièrement le samedi soir, la famille est regroupée autour d'une bonne table. Hélène est un fin cordon bleu ! Une fois n'est pas coutume, ce repas a été reporté au dimanche midi. L'anniversaire de P'tit Paul, en famille, cette fois !

Pas de jeu préparé par Papy mais une très bonne ambiance de fête. Souvenirs et anecdotes de la veille sont au menu. Même si Papy n'est pas très moqueur en règle générale, il ne peut s'empêcher de commenter avec un brin d'humour les péripéties du père de Sébastien :

* Un m'as-tu-vu qu'on ne voit plus !

* Un homme politique qui ne respecte pas ses promesses !

* Un fier-à-bras qui s'avère être un poltron !

* Un xénophobe qui apprend que son fils a discuté une partie de l'après-midi avec un ex-détenu !

* La cerise sur le gâteau quand il découvre que son rejeton a séjourné en prison et que son geôlier n'était ni plus ni moins que cet ex-taulard !

P'tit Paul interrompt régulièrement Papy pour tous ces mots qu'il ne connaît pas bien. Julien profite des explications.

— Papy, vous me surprenez ! Tant d'animosité chez vous, ça me surprend.

- Je comprends Hélène. C'est surtout pour en rigoler mais je reconnais que cette personne m'incommode. J'ai tant de fois pardonné en relativisant, en prenant sur moi...

- Faut reconnaître Papa que là, tu ne le peux pas. C'est flagrant !

- Eh oui, je suis pris en flagrant délit !

- Vous faites exprès, je comprends rien moi ! Je préfère quand on discute dans le jardin Papy ! Là, y'a que des mots que je comprends pas !

- Tu as raison Paul ! Je vais t'expliquer... comment dire ?.. Je vais te parler de la Loi du Talion.

- Je comprends encore moins Papy !

- Hélène, vous pouvez me corriger si je me trompe. C'est une référence biblique...

Hélène se lève, demande à papy d'attendre et revient avec un petit livret ouvert. Elle le tend à Papy avec un large sourire. Papy racle sa gorge et lit posément ce passage :

- « Comme les disciples s'étaient rassemblés autour de Jésus, sur la montagne, il leur disait : « Vous avez appris qu'il a été dit : Œil pour œil, dent pour dent. Eh bien moi, je vous dis de ne pas riposter au méchant ; mais si quelqu'un te gifle sur la joue droite, tends-lui encore l'autre. »

  Et bien moi, P'tit Paul, ça, je ne sais pas faire !

- J'ai compris un petit peu Papy ! Qu'est-ce que tu fais

alors ?

– Je ne réponds pas ! En tout cas, pas en utilisant la force, le même argument que celui qui m'a agressé. Je t'assure que ce n'est pas facile !

Quand on utilise la force c'est qu'on a plus d'autre argument !

Je te disais que je pouvais prendre sur moi mais je ne peux pas tendre l'autre joue ! Ça, c'est certain !

– Il t'a donné une claque le père de Sébastien ?

– Non, c'est une image !.. Il a... il a été... odieux avec Mamie !

Papy résiste, reste droit et des larmes coulent sur son visage buriné. Hélène confuse d'avoir mis Papy dans cette situation, se lève et emporte un plat dans sa cuisine. Elle ignorait cet événement. Antoine est figé sur sa chaise, les yeux dans le vide. Julien prend son mobile et se déplace sans but dans la pièce. P'tit Paul comprenant qu'il ne peut plus poser de questions, va sur les genoux de son papy pour lui faire une bise.

Tous vont, chacun leur tour, s'approcher de Papy Michel, lui poser une main sur l'épaule...

Papy se lève.

– On n'a pas le droit de pleurer pour l'anniversaire de P'tit Paul. Allez Hélène, où avez-vous mis le gâteau ?

– Dans le frigo Papy Michel.

- On sort les cadeaux maintenant ou après le champagne ?
- Il vaut mieux avant le champagne Papy ! Après, on a les idées moins claires.
- Tu as raison mon Julien ! J'adore ton humour.

Tous les cadeaux arrivent sur la table. Paul découvre avec un sourire ces surprises car dans la famille, les enfants ne connaissent pas le cadeau avant de l'avoir ouvert.

Julien a innové cette année pour ses 14 ans car il voulait financer sa boum !

- Alors,.. « Les aventures de la famille Motordu ». J'adore, merci Julien !
- Je voulais un livre sur les questions, les « pourquoi » mais j'ai pas trouvé.
- « Jeux et énigmes à résoudre » ? Ça, je sais qui c'est... merci mon petit Papa.
- Réfléchir ! Il n'y a que ça de vrai mon Paul !
- « Un jeu de société ». Je le voulais celui-là ! J'ai joué à ce jeu la semaine dernière. T'es géniale Maman ! Comment tu as deviné ?
- Demande à Louise.
- Il reste le cadeau de mon p'tit Papy... Une enveloppe ?.. Tu m'as écrit un p'tit mot. C'est vrai, tu m'as déjà offert le jeu de l'oie...

« Abonnement d'un an pour un Magazine Jeunesse ». J'adore lire Papy. Merci !

— On en discutera quand tu viendras me voir. Si on manque de sujet de discussion, au lieu de se regarder dans le blanc des yeux, on puisera un sujet dans le dernier magazine que tu auras apporté.

— Tu sais que j'ai toujours des idées Papy !

Le gros lot

Deux semaines se sont écoulées depuis l'anniversaire de P'tit Paul.

- Papy, Papy,.. ça va Papy ?
- Oui mon bonhomme... Tu es bien essoufflé dis donc !
- Oui, j'ai couru très vite. J'ai soif !
- Tu m'as l'air impatient. Allez viens avec moi dans la cuisine. J'ai tout ce qu'il faut dans ma caverne d'Ali Baba !
- Papy, t'as pas ouvert tout ton courrier ?
- Si mon gamin. Ça, ce n'est que de la pub !
- Ben non Papy, regarde, j'ai déjà vu ce dessin... c'est drôle !.. Oui !.. cet été en vacances au Lavandou, sur la plage, ils avaient installé plein de stands avec des drapeaux comme celui-là. C'est le même Papy, un grand soleil !
- De la pub te dis-je, de la pub !
- On était en train de jouer ... Oui ! Ça parlait des Antilles. C'était beau, il y avait de la publicité, des animations, de la musique qui donne envie de bouger et on pouvait participer à un concours.
- Ah bon et alors qu'est-ce que tu as fait toi ?
- Ben moi, j'ai mis un papier dans une boîte. C'est Maman qui m'a aidé à l'écrire. J'avais pas le droit de

participer. Je suis encore mineur !

– Et encore pour un bon moment mon P'tit Paul.

– Avec Maman, on a rempli un bulletin et pour rigoler, on a écrit ton nom et ton adresse.

– Ah ça, c'est sympa ! Bien, voyons ce qu'il y a écrit dans cette lettre :

[Félicitations Monsieur Girard,

Nous sommes heureux de vous informer que vous avez remporté le premier prix de notre célèbre concours

"Antilles en Fête".

Votre bulletin a été tiré au sort et nous sommes heureux

de vous annoncer que vous avez gagné un

VOYAGE AUX ANTILLES

à réaliser sur la période de votre choix

et dans un délai d'un an

à compter de la date d'envoi de ce courrier.

Lorsque vous aurez choisi votre date, veuillez nous contacter par écrit, par téléphone ou par mail... et bla bla bla]

Papy regarde P'tit Paul d'un air interrogateur.

– Je ne comprends rien ! Qu'est-ce que c'est que ça P'tit Paul ?

– Papy je crois que tu as gagné !

– Et pourquoi... j'ai gagné moi ?

– Le papier que j'ai mis dans la boîte... maman m'a dit comment ça s'appelait... zut !.. une une...

– Une urne ?

– Oui ! alors j'ai écrit sur le papier enfin maman a écrit sur le papier... Ah oui oui.. ah oui, Papy a gagné !

– Les Antilles Papy, c'est des îles ?

– Bien sûr ! C'est un archipel : la Guadeloupe, la Martinique, Saint-Martin... pour ne citer que les plus importantes.

– Faudra que tu mettes un costume de là-bas, Papy ?

– J'y comprends pas grand-chose. Écoute, je vais appeler ta mère.

Papy compose le numéro d'Hélène pendant que P'tit Paul sautille comme une puce dans le cuisine.

– Allô Hélène !

– Bonjour Papy Michel, ça va ?

– Impeccable ! eh bien voilà, je viens de recevoir un courrier m'informant que j'ai gagné un voyage aux Antilles. J'ai failli mettre la lettre à la poubelle, croyant que c'était une pub.

– C'est super Papy Michel. Oui, je m'en souviens, j'étais avec Paul. Et que comptez-vous faire ?

— Je ne sais pas trop Hélène. J'ai mon jardin... quoique c'est très calme en ce moment.

— Faut en profiter Papy. C'est une idée de Paul. Il disait sans cesse : "Si on ne joue pas, on peut pas gagner !". Une dame s'est approchée de lui et lui a conseillé de mettre le nom d'une autre personne, une personne qu'il aimait beaucoup. Vous pensez bien qu'il n'a pas hésité une fraction de seconde.

— Ça, je veux bien le croire ! Julien aurait fait de même.

— C'est certain. Cela vous fera le plus grand bien Papy et votre jardin, on s'en occupera... On peut même trouver quelqu'un pour l'entretenir !

— C'est vrai que ça me tente... mais je m'étais juré...

— De quoi Papy ?

— Faut que je réfléchisse Hélène...

À bientôt !

La famille Girard est en ébullition en cette fin de journée. L'instant crucial arrive et toute la maisonnée doit être au complet. Tout a été réglé à la minute près mais Antoine n'est pas encore rentré. Il a promis que son ordinateur portable servirait pour cette occasion que tout le monde attend avec impatience...

La voiture déboule dans la cour, une flèche en sort avant de faire irruption dans le salon.

— Il était temps mon chéri. Tu sais qu'il ne dispose que d'un créneau libre relativement court dans son planning.

Antoine branche son portable, prépare le micro et tout le monde s'installe confortablement. Hélène apporte quelques gâteaux et s'apprête à servir l'apéritif quand un visage radieux apparaît sur le grand écran connecté à l'ordinateur.

— "Bonjou tout moun" !
— Qu'est-ce que tu dis Papy ?
— "Bonjou tout moun" !
— Bonjour Papa. Tu parles le Créole maintenant ?
— Oh non, je n'ai appris que quelques mots. Je disais : "Bonjour tout le monde !".

– On avait compris à part Paul peut-être mais je crois qu'il bouillait d'impatience ! On va respecter le protocole.

– Je te reconnais bien là, toujours l'organisation !

– Alors Papa, comment se passe ce séjour ?

– Ma foi merveilleusement bien. Les gens du groupe sont sympas et les antillais, des personnes formidables. Ils chantent et dansent tout le temps. La musique est omniprésente ici.

– J'ai comme l'impression qu'elle va y trouver une p'tite place dans ton jardin Papa.

– Oh que oui ! Vous n'avez pas fini de l'entendre...

– Je suis content pour toi Papa. Je t'embrasse car ça se bouscule derrière moi !

– À bientôt mon fils !

– Bonjour Papy Michel ! Vous voyez bien que mes conseils ont porté leurs fruits...

– Oui, c'est vrai : la carambole, la goyave, la mangue, le maracudja... Je m'arrêterai là !

– Sacré Papy. Vous avez l'air en forme. Mais dites-moi, c'est quoi le maracudja ?

– Vous devriez le savoir ma belle Hélène. C'est le fruit de la passion !

– Toujours gentil avec moi. Merci Papy Michel. Je vous embrasse très fort et je vous passe Julien...

— À très bientôt Hélène.

— Salut mon Papy ! On entend de la musique. T'es où ?

— Dans un bar, j'avais trouvé un petit coin bien au calme mais là, je vais devoir changer de place.

— Pas grave Papy ! Je t'entends bien moi. Alors tes journées ?

— Ça ne fait qu'une seule journée entière. C'est cool ! On prend notre temps. J'ai visité les environs et je me suis baigné. Les sorties, c'est à partir de demain !

— Tu t'es baigné ? Quel chance ! Ici, ça s'est rafraîchi sacrément ! J'ai plein de choses à te raconter et j'aurai besoin d'un conseil Papy. Je te fais un gros bisou. À bientôt !

— À bientôt mon grand...

— Bonjour mon P'tit Papy. Tu me manques ! Avec Julien, on est allé ramasser tout ce que tu avais écrit sur la feuille. Pas de problème ! Papa, il a trouvé quelqu'un pour nettoyer, ratisser et ramasser les feuilles.

— Je le connais ? Aïe P'tit Paul...

— Il t'arrive quoi mon papy ?

— Rien à moi mais la batterie est pratiquement à plat !

— Non, j'ai pas fini... J'ai plein de choses à dire... C'est pas juste, j'ai pas beaucoup parlé !

— Parle alors mon p'tit bonhomme. Ne perds pas ton

temps...

— Le monsieur qui vient nettoyer eh bien, c'est le papa de Grégory. Il vient de loin en vélomoteur, sa vieille voiture est en panne.

— Il est bien brave finalement ce bonhomme ! On va continuer à parler Paul mais je préfère faire un gros bisou à toute ma famille que j'adore. Au cas où ça couperait... Je vous aime tous et même ici, dans ce paradis, vous me manquez ! Vas-y Paul !

— Ah, ça marche encore !.. Dis Papy... Non, il a disparu de l'écran !

— C'est sa batterie. Ne t'inquiète pas Paul, on se reconnectera dans deux jours, il aura rechargé sa batterie et dans une semaine, il sera de retour...

— Oui Papa mais j'ai pas eu assez de temps moi ! Ça s'est coupé quand j'ai dit : "Dis Papy...".

— Papy reviendra en pleine forme pour répondre à tes innombrables questions.

— Mais j'avais une question importante !..

Antoine prend son verre et avale une petite gorgée, satisfait que son père aille bien et pressé qu'il revienne bientôt. P'tit Paul se tourne vers lui avec un sourire malicieux :

— Dis Papa...

Index

La clochette : Le « Sésame ouvre-toi ! » pour entrer dans l'univers de Papy. Son tintement est toujours une grande satisfaction pour un grand-père heureux de recevoir.

Le jardin : Toujours agrémenté de fleurs, fournissant fruits et légumes, il est l'objet de tous les soins de Papy. C'est le lieu d'accueil des visiteurs et le gardien de leurs confidences.

Le banc : Symbole de pérennité. Il a toujours été là ! Le divan version Papy. Un héritage du passé !

La grange : Le lieu retrouve une certaine jeunesse, il y a comme un air de vacances lorsqu'on reste dormir chez Papy. Désormais, la salle polyvalente de Papy.

La boîte à gâteaux : La présence discrète de Mamie, elle est partie en laissant la recette ; Hélène a pris le relais. Une vraie distinction qu'il faut savoir mériter.

La musique (la discothèque de Papy) : On vient y puiser un réconfort, finir en beauté une discussion émouvante voire même verser une petite larme.

Les citations ; On s'enrichit de l'expérience d'autrui et cela, Papy l'a bien compris.

La main sur l'épaule : Un geste réconfortant que Papy réserve aux personnes qu'il apprécie. Par cette manifestation de tendresse, il conclut un moment fort en émotion.

Remerciements

Écrire est un acte individuel et très personnel pour notre propre bien-être, le partager devient alors une démarche orientée vers les autres.

Lors de cette première phase, nous nous isolons, nous coupons, ne serait-ce qu'un bref instant, les liens qui nous unissent et notamment avec notre propre famille. Je veux donc débuter ces remerciements par une reconnaissance inconditionnelle à ma petite famille pour qui je n'ai pas toujours eu la disponibilité de Papy Michel quand j'étais absorbé par l'écriture.

Un remerciement tout particulier à Laurence Girard Navarro, mon épouse, qui m'a amené à l'écriture, m'a déposé là, face à ma feuille ou devant l'écran pour assumer seule, la plupart des tâches qui nous incombaient à tous les deux, me permettant ainsi de réaliser mon rêve.

Un merci aux membres de Short-Édition qui m'ont encouragé quand j'écrivais mes premières lignes. Mes pensées vont naturellement à Brocéliande, Christiane Tuffery, Johanna Desbarats, Emmanuelle, Fred Panassac, Katy Bou, Sauvagère, Sylvie, Virgo, Bruno63, Jean-Pierre Basile et Polopoil.

Un grand merci aux membres de Scribay et tout particulièrement à ceux qui, par leur soutien, leurs commentaires pertinents et les quelques annotations très utiles m'ont permis d'avancer, de me corriger ou de m'améliorer.

Merci à Clo06, CM LE GUELLAFF, Jocelyne B., La Sauterelle, Marie-Christine Sudre, Marie-No Roque, Alexis Le Merrer, Oncle Dan.

Sommaire

Préface		5
1	Le mensonge	7
2	Je sais tout !	9
3	Petit renardeau	11
4	Tu ne peux pas comprendre !	13
5	De toutes les couleurs	16
6	Dans nos cœurs	18
7	Le nouveau	20
8	Renouveau	23
9	Jalousie	26
10	Le complot	29
11	Tu crois ?	32
12	Douloureuse absence	36
13	Allô !	39
14	Que de projets !	43
15	La boum 1	47
16	La boum 2	51
17	Liberté	55
18	Brouille	58
19	La crise	61
20	Les cailloux	64
21	Avant le départ	68
22	Visite surprise	73
23	Dure réalité	77

24	Grégory	81
25	Finies les vacances 1	85
26	Finies les vacances 2	88
27	En plein travaux	93
28	L'inauguration	96
29	Mon petit bonhomme	99
30	La fugue 1	102
31	La fugue 2	106
32	P'tit Paul est fâché !	109
33	Juju se rebiffe !	112
34	La fin des haricots	116
35	Papy la tendresse	120
36	Préparatifs	124
37	Ambiance de travail	128
38	La visite	131
39	Ça déménage !	135
40	Joyeux Anniv' 1	139
41	Joyeux Anniv' 2	143
42	En famille	148
43	Le gros lot	153
44	A bientôt !	157
Index		161
Remerciements		162

Éditeur : BoD-Books on Demand,
12/14 rond point des Champs Élysées, 75008 Paris, France
Impression : BoD-Books on Demand, Norderstedt, Allemagne
ISBN : 978-2-322-13196-9
Dépôt légal : novembre 2016